Birgit Vanderbeke
Das Muschelessen

Rotbuch Taschenbuch 77

Birgit Vanderbeke, geboren 1956 in Dahme, lebt und arbeitet seit 1992 in Berlin, studierte Jura und Romanistik. 1990 hat sie Bettel- und Brandbriefe von Schriftstellern unter dem Titel *Fresse schon meine Fingerspitzen wie Spargelköpfe* (Luchterhand Verlag) herausgegeben. Im gleichen Jahr erhielt sie für *Das Muschelessen* den *Ingeborg-Bachmann-Preis* 1990.

Zu diesem Buch: Ein Vater wird besichtigt. Ein Vater wie viele andere. Mutter, Tochter, Sohn sitzen am gedeckten Tisch vor einem Berg Muscheln und erwarten ihn von einer Dienstreise zurück. Unter den ungerührten Kinderaugen der Erzählerin fliegt das Labor Familie in die Luft. Eine kleine Änderung der Versuchsanordnung, das Hinzufügen von einer paar Promille Spätlese, und das väterliche Erziehungsprogramm dreht durch.
"Mit der Metaphorik zuckender Muschelberge, zu der die deutsche Vergangenheit zu assoziieren nicht schwerfällt, unterwandert die Autorin in ihrer an Thomas Bernhard geschulten virtuosen Redesuada ein schäbiges Idyll auf grausige Weise. Der Eichenschrank, der Sonntagsausflug, die Urlaubsreise werden zu Sinnbildern einer autoritären deutsch-deutschen Sozialisation." *Heimo Schwilk, Rheinischer Merkur.*

Birgit Vanderbeke

Das Muschelessen

Erzählung

Rotbuch Verlag

1. Auflage 1993

ISBN 3 88022 097 2

Jede Ähnlichkeit mit lebenden oder toten Personen ist zufällig und von der Autorin nicht beabsichtigt.

Dass es an diesem Abend zum Essen Muscheln geben sollte, war weder ein Zeichen noch ein Zufall, ein wenig ungewöhnlich war es, aber es ist natürlich kein Zeichen gewesen, wie wir hinterher manchmal gesagt haben, es ist ein ungutes Omen gewesen, haben wir hinterher manchmal gesagt, aber das ist es sicherlich nicht gewesen, und auch kein Zufall. Gerade an diesem Tag wollten wir Muscheln essen, ausgerechnet an diesem Abend, haben wir gesagt, aber so ist es wiederum auch nicht gewesen, keinesfalls kann man von Zufall sprechen, wir haben nachträglich nur versucht, dieses Muschelessen als Zeichen oder als Zufall zu nehmen, weil das, was auf dieses ausgefallene Muschelessen dann folgte, tatsächlich von solcher Ungeheuerlichkeit gewesen ist, daß sich am Ende keiner von uns mehr davon erholt hat, und schließlich haben wir immer Muscheln gegessen, wenn es etwas Besonderes sein sollte, und dies ist etwas Besonderes gewesen, allerdings in einem ganz anderen Sinne, als wir uns vorgestellt hatten. Im Grunde ist das, was wir uns vorgestellt hatten, als wir das Muschelessen geplant hatten, im Verhältnis zu dem, was dann daraus geworden ist, von ziemlich geringfügiger Besonderheit, von einer untergeordneten jedenfalls, während das, was dann geworden ist, von erheblicher, ja, gewaltiger und außerordentlicher Besonderheit ist, aber keinesfalls kann man sagen, es ist ein Zeichen oder ein Zufall gewesen, daß es an dem Abend Muscheln hat geben sollen, was die Lieblingsspeise von meinem Vater gewesen ist, unsere ist es eigentlich nicht gewesen, nur mein Bruder hat Muscheln auch gern gegessen, die Mutter und ich haben uns nicht viel daraus gemacht. Ich mache mir nicht viel daraus, hat meine Mutter immer gesagt, während sie über die Badewanne gebeugt stand und abwechselnd ein kleines Küchenmesser und die rote Wurzelbürste in der Hand hatte, beide Hände sind knallrot gewesen, weil sie sie beim Muschelputzen unters fließende kalte Wasser gehalten hat, und dann hat sie gründlich kratzen, schrubben, bürsten und mehrfach spülen müssen, weil mein Vater nichts mehr gehaßt hat, als wenn er beim Essen auf Sand in den Muscheln gebissen hat, daß es ihm zwischen den Zähnen geknirscht hat, das hat ihn förmlich gequält. Ich mache mir eigentlich gar nicht so viel daraus, hat meine Mutter auch an dem Nachmittag gesagt und sich die eiskalten Hände gepustet, aber es ist eben doch etwas Besonderes gewesen, deshalb hat sie die vier Kilo Muscheln am Mittag auch eingekauft und gedacht, daß der Vater, wenn er am Abend von seiner Dienstreise heimkommen würde, seine Freude an einem Muschelessen haben würde, weil er das Kurzgebratene und Gegrillte, die Fleischklumpen, die es auf Dienstreisen gab, meistens satt hatte, und dann hat er sich etwas Anständiges von meiner Mutter bestellt, jedenfalls etwas Hausgemachtes, was es in diesen Tagungshotels nicht gab. Wenn mein Vater dann heimgekommen ist, hat er von diesen Tagungshotels sowieso die Nase voll gehabt, sie sind komfortabel, aber doch ungemütlich, hat er gesagt, mein Vater ist überhaupt nicht gern auf Dienstreise gefahren, er ist am liebsten bei seiner Familie geblieben, und es ist immer etwas Besonderes gewesen, wenn er hernach wieder heimgekommen ist, traditionell hat es bei uns dann Pellkartoffeln mit Quark und Leinöl gegeben, manchmal auch Erbsensuppe, und mein Vater ist wegen seiner Jugend, in der es das auch gegeben hat statt der kurzgebratenen und gegrillten Fleischklumpen, wehmütig gewesen und hat es sich oft bestellt, aber Muscheln hat er sich eigentlich nie bestellt, weil sie Muscheln immer gemeinsam gemacht haben, mein Vater und meine Mutter, und es ist also von vornherein an diesem Tag eine besondere Ausnahme gewesen, daß meine Mutter allein, beide Hände knallrot unter dem fließenden kalten Wasser, die Muscheln geputzt hat, völlig normal dagegen ist es gewesen, daß sie dabei gesagt hat, ich mache mir nicht viel daraus, was sie immer gesagt hat, wenn meine Eltern zum Muschelputzen im Bad verschwunden sind, sie haben sich abgewechselt mit dem Über-die-Wanne-Beugen, damit sie nicht steif davon würden, und aus dem Badezimmer ist eine gute Stunde lang das Lachen von meinem Vater und ein Quietschen von meiner Mutter herausgeschallt, ganz früher haben sie manchmal »Brüder zur Sonne zur Freiheit« gesungen, was sie drüben gelernt hatten und immer haben singen müssen, »Völker hört die Signale« und all das, meine Mutter mit ihrem Sopran und mein Vater mit seinem Bariton, aber später dann, in der Firmensiedlung, haben sie nicht mehr gesungen. Wenn sie beide mit hochroten Händen herausgekommen sind, ist ihnen wegen der übermütigen Laune, die sie dort drinnen gehabt hatten, etwas schamig zumute gewesen, aber in der Küche ist das Herumgealbere weitergegangen, und nach und nach haben wir herausbekommen, daß mein Onkel, zu dem sie ihre verspätete Hochzeitsreise gemacht hatten, ein Muschelessen für sie gekocht hatte, was sie nicht gekannt haben, weil es natürlich im Osten keine Miesmuscheln gab, daß das also etwas Fremdartiges für sie gewesen sein muß, und dann haben sie daran auch eine gewisse Anzüglichkeit entdeckt, etwas Frivoles, und immer geschäkert, wenn es Muscheln gab, wegen dieser verspäteten Hochzeitsreise ans Meer ist das Schäkern beim Muschelessen bei uns normal gewesen. Und zwar bis zu diesem Tag, von dem es von vornherein feststand, daß er ein besonderer, sozusagen historischer Tag würde in der Familiengeschichte, weil die diesmalige Dienstreise meines Vaters der letzte Meilenstein auf dem Weg zur Beförderung gewesen sein sollte, keiner von uns hat daran gezweifelt, daß mein Vater Erfolg haben würde, wochenlang sind wir am Wochenende mucksmäuschenstill gewesen, weil mein Vater den Vortrag geschrieben und eigenhändig mehrfarbige Folien dazu gemalt hat, wir haben immer gesagt, wie schön diese Folien geworden sind, nun, wie findet ihr sie, hat mein Vater gefragt, und wir haben immer wieder gesagt, wie besonders schön wir sie finden, außerdem haben wir alle gewußt, daß mein Vater im Vorträgehalten brillant und stets außergewöhnlich erfolgreich gewesen ist, mein Vater hat bekanntermaßen außergewöhnliche didaktische Fähigkeiten in diesen Vorträgen entwickelt, auf die er sehr stolz gewesen ist, und dann hat er vor Publikum eine gewinnende und einnehmende Art gehabt, einen Charme, das ist zu seiner Kompetenz hinzugekommen, die er auf einem der schwierigsten und heikelsten Gebiete der Naturwissenschaften vorweisen konnte, aber durch diese einnehmende Art vor dem Publikum hat die Kompetenz nicht so streng gewirkt, und die Leute sind regelmäßig begeistert von seinen Vorträgen und meinem Vater im allgemeinen gewesen. Daß mein Vater an dem Abend so gut wie befördert die Wohnung betreten würde – natürlich noch nicht offiziell, aber man hätte ihm das sofort von oben her signalisiert –, das war der besondere Anlaß, für den meine Mutter, das kleine Küchenmesser und die Wurzelbürste abwechselnd in der knallroten Hand, vier Kilo Muscheln Stück für Stück unter eiskaltes Wasser hielt und kratzte und schrubbte und mehrfach spülte, weil mein Vater es nicht gut leiden konnte, wenn ihm der Sand zwischen den Zähnen knirschte. Dabei hat sie lustig geschimpft, daß sie sich nicht so viel daraus macht, und über ihr krummes Kreuz gejammert, aber helfen haben wir nicht dürfen, laßt nur, wenn hinterher Sand drin ist, seid jedenfalls ihr nicht schuld, hat meine Mutter gesagt, aber wir haben dafür die Pommes Frites schneiden dürfen, die immer zu Muscheln dazugehören und woraus nun wiederum ich mir nicht viel gemacht habe, obwohl meine Mutter die beste Pommes-Frites-Macherin ist, die ich kenne, mein Bruder mag für sein Leben gerne Pommes Frites, und er hat auch immer gesagt, die sind unübertroffen, einmal hat er sogar alle Freunde, die das bezweifelt und ihn deswegen verspottet haben, zu uns nach Hause eingeladen, was bei uns sonst nicht üblich war, und meine Mutter hat Pommes Frites für sie alle gemacht, sie haben begeistert und überzeugt alles aufgegessen, und mein Bruder ist sehr stolz auf meine Mutter gewesen; seitdem haben wir ihr manchmal schnippeln geholfen, und an dem Abend haben wir also Kartoffeln geschält und in Stäbchen geschnitten, und dabei sind wir allmählich aufgeregt geworden. Hinterher haben wir gesagt, von da an sind wir unruhig gewesen, von da an haben wir etwas geahnt, man weiß ja hinterher erst, was kam; aber es kann genausogut sein, daß wir nur einfach aufgeregt waren, weil wir gewartet haben, wir sind immer aufgeregt gewesen, wenn wir auf meinen Vater gewartet haben, es ist immer eine Spannung dabei gewesen, im nachhinein übertreibt man vielleicht, vielleicht haben wir nichts geahnt, meinem Bruder zum Beispiel ist nichts davon aufgefallen, während uns beiden anderen mindestens unruhig zumute war, nun sind aber wir, meine Mutter und ich, sowieso die unruhigen, während mein Bruder immer erst unruhig wird, wenn es gar nicht mehr anders geht, bis dahin kann er gelassen alle Indizien und alles Beunruhigende übersehen. Ich jedenfalls kann mich genau erinnern, wann bei mir die unruhige Erwartungsstimmung umgeschlagen ist, ich habe nämlich in dem Moment auf die Uhr geschaut, und es ist drei nach sechs gewesen. Um drei nach sechs ist meine Stimmung ins Ungute, ja, ins geradezu Unheimliche gekippt. Die Muscheln haben gerade unter der Küchenuhr gestanden, und als ich das Geräusch gehört hatte, habe ich erst zu den Muscheln hin und dann sofort zur Küchenuhr hoch geschaut. Das Geräusch ist von den Muscheln gekommen, die schon geputzt und gebürstet in diesem großen, schwarzen Emailtopf gelegen haben, den wir immer zum Muschelkochen benutzt haben, weil er als einziger groß genug war, die vier Kilo Muscheln zu fassen; es ist derselbe Topf gewesen, hat meine Mutter erzählt, den sie bei ihrer Flucht aus dem Osten mit hatten, weil er zum Windelwaschen, was sie ja mit der Hand machen mußte, vielmehr mit einem Kochlöffel, unentbehrlich war. Ich habe gesagt, ist das nicht unpraktisch, einen so riesengroßen Topf auf die Flucht mitzunehmen, ich habe es mir geradezu lächerlich vorgestellt, wie sie geflüchtet sind über den Stacheldraht und einen so großen Topf mit sich herumgetragen haben sollen, aber meine Mutter hat gesagt, du machst dir vollkommen falsche Vorstellungen von dieser Flucht, wir sind schließlich nicht Hals über Kopf getürmt, hat sie gesagt, das war doch von langer Hand vorbereitet. Wir haben uns gern erzählen lassen, wie das gegangen ist, daß sie die Sachen hinübergeschafft hat nach Westberlin, auch die Geschichte mit den Bananen, deretwegen mein Vater einmal fast an der Grenze verhaftet worden wäre, ausgerechnet bei seiner ersten und auch gleich letzten Fahrt nach Berlin, er muß sich wirklich zu ungeschickt angestellt haben, er hat auch selbst gesagt, daß er für solche Geschichten nicht zu gebrauchen sei, und eben das einzige Mal, als er es doch gewagt hat, ist er gleich übermütig gewesen und hat zwei Kilo Bananen mit rüberzunehmen versucht aus dem Westen, prompt haben sie ihn erwischt, aus der U-Bahn gewinkt und verhört und alles, aber dann haben sie ihn doch laufen lassen. Ich weiß gar nicht, ob sie wirklich die Leute wegen ein paar Bananen verhaftet haben, wo das halbe Land republikflüchtig war, ich kann es mir nicht so denken, aber mein Vater sagt, das war Widerstand, politischer Widerstand, aber jedenfalls ist er dann nicht mehr gefahren, und den großen Emailtopf hat meine Mutter rübergebracht zu einer Freundin, mich hat sie auch immer mitgehabt auf der Fahrt nach Berlin, weil das unverdächtiger aussieht, Mutter mit Kind, und außerdem mußte sie wirklich zur Charité, weil ich was an der Hüfte hatte. Unterwegs ist sie einfach ausgestiegen und hat der Freundin die Sachen gegeben, so hat sie es immer erzählt, den Hinweg haben wir winterlich eingepackt unternommen, den Rückweg hatten wir nicht mehr viel auf dem Leib, und es ist schon gefährlich gewesen, euer Vater ist nicht zu gebrauchen für solche Geschichten, hat meine Mutter gesagt, wenn wir uns über die Sache mit den Bananen gewundert haben. Aus dem Topf jedenfalls ist das Geräusch gekommen, und als ich hingeschaut habe, konnte ich gar nicht anders, als gleichzeitig auch auf die Uhr zu schauen, und da war es drei nach sechs. Und genau in dem Moment ist meine Stimmung umgeschlagen. Ich habe auf den Topf gestarrt, aus dem das Geräusch kam, und ich wußte ja, daß die noch leben, die Muscheln, aber daß sie im Topf Geräusche machen, das habe ich nicht gewußt, weil ich noch nie dabei gewesen war, wenn meine Eltern Muscheln gekocht haben, erst habe ich auch gedacht, es ist etwas anderes, dabei kam es eindeutig aus dem Topf, und es waren eindeutig sonderbare Geräusche, von denen mir unheimlich wurde, natürlich auch, weil wir aufgeregt und nervös waren, und da kam das Geräusch noch dazu. Ich habe die Augen nicht mehr vom Topf wenden können und aufgehört, Kartoffeln in Stäbchen zu schneiden, weil das Geräusch mich verrückt gemacht hat, außerdem haben sich sofort die Haare an meinen Armen aufgestellt, das machen sie immer, wenn es mir gruselig ist, und man sieht das leider sofort, weil ich schwarze Haare auf den Armen habe, deswegen hat meine Mutter auch gleich gesehen, daß irgend etwas mir unheimlich war, aber wußte natürlich nicht, daß es das Muschelgeräusch aus dem Topf war, weil sie das schließlich kannte. Ich habe gefragt, hört ihr denn nichts, hört doch mal. Das sind die Muscheln, hat meine Mutter gesagt, und ich weiß noch, daß ich gesagt habe, ist das nicht furchtbar, dabei wußte ich ja, daß sie noch leben, ich hatte mir nur nicht vorgestellt, daß sie das Schalenklappergeräusch machen würden, ich hatte mir gar nichts vorgestellt, als daß man sie kocht und ißt und fertig. Mein Bruder hat es nicht furchtbar gefunden, und meine Mutter hat gesagt, daß sie sich eben öffnen würden, und der ganze Muschelberg würde sich davon bewegen. Mir ist das grausig gewesen, daß sich der ganze Muschelberg bewegte, weil sie sich öffneten, dabei habe ich natürlich kein Mitleid mit ihnen gehabt, ich esse sie schließlich, auch wenn ich mir nichts daraus mache, und es ist klar, daß sie vorher noch leben, und wenn ich sie esse, leben sie nicht mehr, ich esse auch Austern, und da weiß ich sogar, daß sie noch leben, während ich sie esse, aber sie machen nicht dieses Geräusch. Tatsächlich habe ich eine Art Wut auf die Muscheln gehabt, weil sie sich öffneten, anstatt still auf dem Haufen liegen zu bleiben, ich habe gesagt, ist das nicht unanständig, daß sie sich öffnen und dieses Geräusch dabei machen, unanständig und indiskret, gleichzeitig habe ich gedacht, das kommt mir so indiskret vor, weil wir sie anschließend töten, es wäre mir lieber gewesen, wenn ich nicht daran hätte denken müssen, daß sie vorher noch leben; wenn sie so schwarz und geschlossen da liegen, braucht man sich nicht genau vorzustellen, daß sie lebendig sind, man kann sie ganz gut als Ding betrachten, und dann ist gar nichts dabei, sie in kochendes Wasser zu schütten, nur wenn man darüber nachdenkt, daß sie noch leben, dann ist es gräßlich. Wenn wir sie jetzt kochen würden, müßte ich dauernd denken, wir töten sie. Dabei finde ich es in Ordnung, daß Tiere getötet werden, weil man sie ißt, nur möchte ich nichts mit dem Töten zu tun bekommen, das sollen andere machen, oder ich möchte nicht daran denken. Obwohl es mir gruselig war, bin ich hingegangen, weil ich nicht feige sein wollte, und es hat ekelhaft ausgesehen, wie sie da lagen und manche sich langsam öffneten, ziemlich langsam, und dann hat sich eben der ganze Haufen mit diesem Klappergeräusch bewegt. Es ist kaum zu glauben, wie ekelhaft, diese Kreaturen, habe ich gesagt, irgendwie japsend, statt Meerwasser kriegen sie Luft, in der sie nicht atmen können, und gleich werden sie abgebrüht im kochenden Wasser, und dann gehen sie alle auf, aber dann sind sie hin, und plötzlich habe ich gedacht, vielleicht ist es nur ekelhaft, weil ich weiß, daß wir sie gleich töten. Vielleicht wäre es sonst nicht so widerlich; und ich habe mich auch erinnert, daß ich am Strand halbgeöffnete Muscheln gesehen habe, ohne das allergeringste dabei zu empfinden, ich habe sogar manche von diesen halbgeöffneten Muscheln zurück ins Meer geworfen, nicht eigentlich aus Mitleid und nicht alle, die ich gesehen habe, nur so aus einer Wallung heraus, und jedenfalls waren sie mir nicht ein bißchen unheimlich oder eklig wie diese hier. Meine Mutter und mein Bruder haben die letzten Kartoffeln in Stäbchen geschnitten und so getan, als ob sie nicht zugehört hätten, und ich habe zuletzt gesagt, wenn man von jemand wüßte, daß er in einer Stunde, sagen wir, stirbt, glaubt ihr, daß man sich dann vor ihm ekelt, ich bin ganz sicher gewesen, daß man sich vor so jemand ekelt, einfach weil man das weiß, und wenn man ihn eigenhändig ermorden würde wie wir jetzt die Muscheln, dann noch viel mehr. Über diesen Gedanken bin ich in eine ausgesprochene Todesstimmung geraten, die beiden anderen haben getan, als hörten sie mir nicht zu, das ist ja Massenmord, habe ich gesagt, alle auf einmal, zur gleichen Zeit, durch kochendes Wasser, die Muscheln haben mich derartig aufgeregt, durch die Muscheln war eine Todesstimmung im Raum, es ist einfach nicht auszuhalten, habe ich auch gesagt, aber da hat meine Mutter streng gesagt, was du dir so vorstellst, dabei hat meine Mutter auch schon so überspannte Gedanken gehabt; wenn mein Vater auf einer Dienstreise war, haben wir uns alle drei die überspanntesten Geschichten erzählt, und keiner ist entsetzt gewesen, aber bevor mein Vater nach Hause kam, ist das Überspannte bei uns verschwunden gewesen, besonders bei meiner Mutter, mein Vater hat Überspanntheiten kindisch gefunden, mein Vater ist eher fürs Sachliche und Vernünftige gewesen, und meine Mutter hat Rücksicht auf seine Sachlichkeit und Vernünftigkeit selbstverständlich genommen und sich auf ihn um- und eingestellt, wenn er kam; und als meine Mutter gesagt hat, was du dir so vorstellst, habe ich gleich gewußt, jetzt hat sie sich umgestellt, und diese Ekelwut, die ich auf die Muscheln hatte, ist jetzt auf meine Mutter gerichtet gewesen, ich habe gesagt, man darf doch noch nachdenken, oder, aber meine Mutter hat gesagt, was du so Nachdenken nennst, kannst du nicht lieber was Nützliches denken statt solcher Gruselgedanken. Bei uns in der Familie haben Gruselgedanken und Phantasien als reine Gedankenverschwendung gegolten, besonders wenn mein Vater daheim war, und jetzt war er zwar noch nicht da, aber er konnte jede Minute kommen. Kann man sie nicht dazu bringen, daß sie sich wieder schließen, habe ich dann gefragt, ich finde nicht, daß man Gedanken verschwenden kann, weil sie von sich aus die schönste Verschwendung sind, die es gibt, und ich bin der Sache auf den Grund gegangen und habe festgestellt, daß sich die Muscheln schließen, wenn man mit einem Messer dazwischengeht, das löst dann irgendeinen Reflex aus, und die Muscheln gehen blitzartig schnell wieder zu. Schaut euch das an, habe ich gesagt und das kleine Küchenmesser, das meine Mutter zum Putzen verwendet hat, in jede Muschel einzeln hineingesteckt, das Klappern hat mich dabei nicht gestört, und schon ging die Muschel zu. Auf die

Art haben sich tatsächlich alle Muscheln geschlossen, und irgendwie hat mich das Muschelschließen beruhigt, es hat mich nicht mal gestört, daß mein Bruder gesagt hat, du spinnst.
Die Pommes Frites sind fertig geschnitten gewesen, und meine Mutter hat gesagt, so, jetzt könnte er eigentlich kommen. Wir sind schon spät dran gewesen mit dem Abendbrot, bei uns wurde immer um sechs gegessen, weil mein Vater um halb sechs nach Hause kam vom Büro, und dann hat er erstmal die Zeitung gelesen und in Ruhe sein Bier getrunken, während die Mutter das Abendbrot fertig machte, und Punkt sechs, wie gesagt, wurde bei uns gegessen, außer wenn er auf Dienstreise war, dann kippte der ganze Tagesplan um, und alles war anders als sonst; es gab Kakao und Käsebrötchen, wir aßen, wann immer wir wollten, manchmal im Stehen in der Küche und aus der Hand. Ich glaube nicht, daß wir je mit Messer und Gabel gegessen haben, während mein Vater auf einer Dienstreise war. Wir sind richtig verwildert, während du weg warst, hat meine Mutter gesagt, wenn unser Vater gefragt hat, na, was habt ihr gemacht ohne mich. Es ist ganz schön, auch einmal zu verwildern, hat die Mutter immer ein bißchen wehmütig gesagt, weil es ihr nämlich genauso Spaß gemacht hat wie uns, und außerdem ist es viel weniger Arbeit für sie gewesen, wenn wir allein mit ihr waren, wir haben uns selten gestritten, und das Verwildern hat mir auch besser gefallen, aber mein Vater hat davon nichts wissen wollen, und da hat sie sich auf ihn umgestellt. Wie es jetzt gegen sieben gegangen ist, war sie jedenfalls umgestellt. Wir haben alle damit

gerechnet, daß er hereinkommt und sagt, na, wie bin ich, weil er so gut wie befördert wäre, und wir hätten gesagt, großartig, was wir für einen klugen, erfolgreichen Vater haben, und meine Mutter hätte sich auch sehr gefreut, und dann hätten wir den Erfolg gefeiert und uns von der Dienstreise alles angehört, dabei hätten wir das Verwilderte ganz vergessen, nur war es jetzt sieben, und er ist noch nicht gekommen. Die Umstellerei auf unseren Vater ist etwas albern geworden und sinnlos, mein Bruder hat auch gesagt, wir sitzen hier rum wie bestellt und nicht abgeholt, aber meine Mutter ist rasch im Bad verschwunden und hat sich vorsichtshalber gekämmt und die Lippen mit Lippenstift nachgezogen, was sie vor einer Stunde schon mal gemacht hatte, und mit ihrem Feierabendgesicht ist sie herumgegangen und hat gesagt, er wird schon bald kommen. Meine Mutter hat sich oft an einem Tag gleich mehrmals umgestellt, und zu jeder Umstellung hat ein neues Gesicht gehört. In der Schule hat sie das seriöse Gesicht gehabt und ist streng gewesen, was sie zu Hause höchstens versucht hat, es hat aber nie geklappt. Die Schüler aber hatten alle Angst vor ihr, wir überhaupt nicht, aber die Schüler, ihr Schulgesicht war wirklich furchteinflößend, einmal haben wir bei ihr im Unterricht hinten gesessen und zugehört, mein Bruder und ich, wir hätten uns totlachen können und haben überhaupt nicht geglaubt, daß das unsere Mutter ist, so streng hat sie ausgesehen. Respekt ist eine Voraussetzung, hat sie gesagt, mein Vater hat auch gesagt, daß Respekt eine Voraussetzung ist, eine notwendige, sonst lernt man nichts, wir sind aber nie auf den

Gedanken gekommen, vor unserer Mutter Respekt zu haben. Zu Hause hat sie das abgespannte, erschöpfte Gesicht gehabt, das Haushaltsgesicht, wenn sie mittags aus der Schule kam, hat sie gesagt, ich bin heute abgespannt, ich habe nach sechs Stunden Schule nicht mehr viel Kraft. Mein Vater hat oft gesagt, wie behandelt ihr eure Mutter, habt gefälligst Respekt vor ihr, mein Vater hat vergeblich versucht, uns den Respekt vor der Mutter einzuflößen, den sie sich nicht verschaffen konnte bei uns, er hat gesagt, seht ihr denn nicht, wie sie sich für euch abrackert, sie schuftet den ganzen Tag; wir haben das Schuften und Rackern natürlich gesehen, wie sie die schweren Tüten und Taschen geschleppt hat; auch abends, wenn mein Vater nach Hause kam, hat sie noch ziemlich geschuftet und gerackert, und wenn kein Bier da war, ist sie schnell gelaufen, auch für die Zigaretten, alles, was mein Vater vergessen hat, auf dem Heimweg sich mitzubringen, das hat sie am Abend noch schnell geholt, mein Vater hat viel geraucht, und da hat meine Mutter oft laufen müssen, aber er hat das abgespannte Gesicht nicht sehen können von meiner Mutter, und da hat sie sich also umgestellt, das war dann ihr Feierabendgesicht, was sie sich abends im Bad um halb sechs schnell angemalt hat, bevor mein Vater nach Hause kam, dieses Feierabendgesicht hat aber nur eine Stunde etwa gehalten und mußte dann nachgezogen werden, und jetzt ist sie damit herumgelaufen und hat gesagt, er wird schon gleich kommen, und ich habe gedacht, ich mag es nicht, daß sie sich immer umstellt. Wenn mein Vater auf Dienstreise war, habe ich eher Respekt vor der Mutter gehabt, sie hat dann zwar auch versucht, etwas streng zu sein, aber im Grunde haben wir uns gut vertragen ohne die ganze Umstellerei; und vor allem hat sie nicht abends all unsre Sünden verpetzen können, da haben wir schon eher Respekt gehabt, sie hat auch manchmal selbst gesagt, Kinder, ist das nicht schön, nur wir drei, weil das Umstellen für sie wahrscheinlich das Anstrengendste war; wenn ich aber gesagt habe, warum machst du das eigentlich, das ewige Um- und Einstellen, hat sie geantwortet, so ist das in einer Ehe und im Beruf, das wirst du auch noch erleben. Ich bin ziemlich sicher, daß ich mich nicht umstellen werde, habe ich gesagt, aber sie hat darauf nur gelacht, du findest sowieso keinen Mann, sie hat im Ernst Angst gehabt, ob irgend jemand mich überhaupt nimmt bei meiner Unliebenswürdigkeit und dieser uncharmant störrischen Art, die ich von klein auf an mir gehabt habe. Ich bin mir aber nie sicher gewesen, ob es das Allererstrebenswerteste auf der Welt sei, mich abends um halb sechs jeden Tag umstellen zu müssen, mir hat es besser gefallen, wenn mein Vater auf einer Dienstreise war, das Umstellen ist mir unangenehm gewesen und peinlich, ihres und unseres auch, es mußten sich ja alle umstellen, wenn mein Vater nach Hause kam, damit das Ganze eine richtige Familie war, wie mein Vater das nannte, weil er keine Familie gehabt hat, dafür hat er die genauesten Vorstellungen davon entwickelt, was eine richtige Familie ist, und er hat ausgesprochen empfindlich werden können, wenn man dagegen verstieß. Aber jetzt ist er es selber gewesen, der dagegen verstoßen hat, als er um sieben Uhr immer noch nicht zur Tür herein war, das Feierabendgesicht von meiner Mutter ist reichlich nutzlos gewesen, und im Topf haben die Muscheln wieder angefangen, dieses Geräusch zu machen. Nur mein Bruder hat noch mächtigen Appetit auf Pommes Frites mit Muscheln gehabt, wir beiden anderen sind appetitlos gewesen und gereizt. Das kam vom Warten. Wenn mein Vater um sechs Uhr gekommen wäre, wäre es uns auch nicht aufgefallen, daß das Umstellen auf meinen Vater nutzlos und lächerlich war. Meine Mutter hat kurz nach sieben gesagt, es wird doch hoffentlich nichts passiert sein, und aus reiner Bosheit habe ich darauf gesagt, und wenn schon, weil ich plötzlich fand, daß mein Vater ein Spielverderber wäre, vielmehr ein Stimmungsverderber, auf einmal habe ich mir gewünscht, daß er nicht mehr zurückkäme, obwohl, wie gesagt, eine Stunde zuvor es ganz selbstverständlich gewesen ist, daß er nach Hause kommt und sagt, na, wie bin ich, weil er erfolgreich gewesen wäre, so sehr waren wir darauf eingestellt. Meine Mutter hat mich zwar angesehen, aber nicht so entsetzt, wie ich erwartet hatte, sondern mit schräggelegtem Kopf, dann hat sie gelächelt und gesagt, nun, wir werden sehen, und es hat nicht so geklungen, als würde sie es verwunderlich oder schlimm finden, wenn er jetzt einfach nicht käme, und langsam sind wir alle drei nicht mehr ganz überzeugt gewesen, daß er gleich kommen würde, nur daß wir in diesem Fall nicht gewußt haben, was wir mit diesen Muscheln anfangen sollten, die immer noch leise im Topf herumklapperten, weil wir geglaubt hatten, mein Vater würde Punkt sechs so gut wie befördert zur Tür hereinkommen, was ein Anlaß zum Feiern und Muschelessen gewesen wäre. Auch bei meinem Bruder ist dann bald die Stimmung umgeschlagen, und es war längst noch nicht acht, da wußten wir alle, daß dieser Tag unerwartet besonders wäre, und wir haben uns nur nicht entscheiden können, was wir zu tun hätten, deshalb hat meine Mutter dann plötzlich die Muscheln gekocht. Man konnte sie ja nicht einfach so liegenlassen, wovon sie ungenießbar würden, also von selber sterben, da hat sie sie rasch gekocht, und ich habe gedacht, wer jetzt Muscheln essen kann, tatsächlich hat keiner Muscheln gegessen, nur mein Bruder hat Pommes Frites gegessen, die sie dann auch noch gemacht hat, während die Muscheln kochten, die Muscheln haben später in einer riesigen Schüssel bloß auf dem Tisch gestanden, und keiner hat sie gegessen. Als wenn sie verdorben und giftig wären, hat meine Mutter gesagt, ist es nicht so, mein Bruder hat aber gesagt, toxisch, weil es bei uns nicht mehr giftig geheißen hat, sondern toxisch seit einiger Zeit, meine Mutter hat aus Versehen noch giftig gesagt. Bei uns hat jetzt manches anders geheißen als früher, wir haben zum Beispiel, wenn wir uns an zu heißen Kartoffeln den Mund verbrannt haben, nicht mehr ausgerufen, oh verdammt, sind die heiß, manchmal haben wir es aus Versehen noch ausgerufen, weil wir uns noch nicht umgestellt hatten, aber dann hat mein Vater gesagt, Kartoffeln haben eine hohe Wärmekapazität, das ist genauer gewesen, aber wenn mein Vater auf Dienstreise war, haben wir uns wie früher an den Kartoffeln den Mund verbrannt und gesagt, verdammt, sind die heiß, und meine Mutter hat gesagt, daß die Muscheln verdorben und giftig aussähen, und als mein Bruder toxisch gesagt hat, hat sie gelacht und gesagt, sie sind richtig ungenießbar geworden. Hinterher haben wir uns gefragt, ob wir da schon wußten, was los war, aber natürlich konnten wir es nicht wissen, wir haben die ganze Zeit mit gedämpfter Stimme gesprochen, weil wir noch immer denken mußten, jeden Moment kann die Tür aufgehen, und er steht da und hat uns erwischt, wie wir über ihn reden, und das ist nun wirklich ungehörig; statt uns auf ihn zu freuen und auf ihn zuzuspringen, sitzen wir da wie ertappt, weil wir über ihn reden, und das hat keiner gewollt, und außerdem hat es sich keiner getraut, weil er da ausgesprochen empfindlich und ungemütlich sein konnte, hinter dem Rücken tuscheln konnte er auf den Tod nicht leiden, aber nachdem ich gesagt hatte, und wenn schon, und wenn ihm nun was passiert ist, wirklich aus purer Bosheit, weil meine Mutter sich schon auf ihn umgestellt hatte, aber sie nicht darauf entsetzt getan, sondern gesagt hatte, wir werden sehen, danach, weil es so geklungen hatte, als würde sie es auch nicht so sehr schlimm finden, haben wir uns überlegt, was wir machen würden, wenn er jetzt einfach nicht käme, und es hat sich bald herausgestellt, daß mein Bruder und ich es besser fänden, wenn er nicht käme, am besten überhaupt nicht mehr käme, weil es uns keinen Spaß mehr machte, eine richtige Familie, wie er es nannte, zu sein, in Wirklichkeit, haben wir gefunden, waren wir keine richtige Familie, alles in dieser Familie drehte sich nur darum, daß wir so tun mußten, als ob wir eine richtige Familie wären, wie mein Vater sich eine Familie vorgestellt hat, weil er keine gehabt hat und also nicht wußte, was eine richtige Familie ist, wovon er jedoch die genauesten Vorstellungen entwikkelt hatte, und die setzten wir um, während er im Büro saß, dabei wären wir gern verwildert, statt eine richtige Familie zu sein. Das ist sehr zögernd herausgekommen, natürlich, ich habe erst gar nichts dazu gesagt, weil ich gedacht habe, wenn er am Ende doch noch kommt, petzt die Mutter alles, und auch mein Bruder hat gedacht, sie petzt, und ich habe auch gedacht, mein Bruder petzt, weil er sich bei meinem Vater lieb Kind machen will, und mein Bruder hat von mir auch gedacht, ich petze, weil ich zeigen will, daß ich Vaters Tochter bin, damals haben wir nämlich noch immer gesagt, ich bin Vaters Tochter, und mein Bruder ist Mutters Sohn, weil mein Bruder sehr anschmiegsam war, ein Schmusekind, und immer die Mutter geküßt hat, mich nicht, weil ich es mir heftig verbeten habe, ich bin nach meinem Vater geschlagen, habe ich gedacht, der ein Logiker war, und meine Mutter und mein Bruder waren alles andere als Logiker, deswegen haben wir, mein Vater und ich, sie immer verspottet, und sie haben sehr gezögert, etwas zu mir zu sagen, sich über den Vater etwa bei mir zu beklagen, weil sie dachten, ich verpetzte sie, damit alle sehen, daß ich Vaters Tochter bin, in Wirklichkeit haben alle gepetzt, jeder hat jeden verpetzt, wenn ich es mir genau überlege, und mein Vater hat seine Last gehabt mit der Petzerei der gesamten Familie, aber er hat es auch oft genossen, weil er dann abends sehr wichtig gewesen ist und aufgeräumt hat in seiner Familie, wie er sich gedacht hat, daß es in einer richtigen Familie ist. Dabei hat er Bier und Kognac getrunken und uns Fragen gestellt, weil er hat herausfinden müssen, was vorgefallen war, und jeder hat seine Aussage gemacht, während die anderen draußen gewartet haben. Am Schluß hat er logische Schlüsse gezogen und danach die Strafen festgesetzt und ausgeführt, und in Wirklichkeit haben wir alle ziemliche Angst gehabt, weil die Strafen nach logischen Schlußfolgerungen festgesetzt worden sind, die keiner so richtig begreifen hat können. Auch ich habe nur so getan, als könnte ich sie begreifen, weil das günstig für mich gewesen ist, daß sie geglaubt haben, ich wäre Vaters Tochter und also logisch, tatsächlich habe ich die Logik von meinem Vater nicht gut begreifen können und nur immer so getan, was die beiden anderen gar nicht gekonnt haben, weil es klar geheißen hat, daß die beiden zusammengehören, weil sie unlogisch und anschmiegsam sind und immer küssen wollen, und ich mit meinem Vater zusammengehöre, weil ich logisch bin und denke, was sich für Mädchen nicht unbedingt gehört, nur ist es immer noch besser gewesen als küssen. Es wäre meinem Vater natürlich andersherum lieber gewesen, daß mein Bruder logisch und ich und die Mutter unlogisch gewesen wären, es war nicht so verteilt, wie er gedacht hat, daß es in einer richtigen Familie verteilt sein müßte. Was beim einen fehlt, ist bei der andern Vergeudung, hat er gesagt, insgesamt war es für mich aber nicht gar so schlecht, während es für meinen Bruder, der auch noch der jüngste war, eher schlecht gewesen ist. Aber vielleicht ist es für meine

Mutter sogar am schlechtesten gewesen, weil sie dafür zu sorgen hatte, daß wir eine richtige Familie sind, und das ist gewiß nicht leicht gewesen, weil die Vorstellungen, die mein Vater von einer richtigen Familie gehabt hat, zwar höchst präzise waren, aber zugleich auf undurchschaubare Weise nicht vorherzuberechnen, weil keiner von uns, und besonders die Mutter, die Logik begriffen hat, und meine Mutter hat sicher getan, was sie konnte, sie hat aber mit diesem Tun sehr häufig haarscharf danebengelegen; auch wenn sie ordnungsgemäß immer alles gepetzt hat, wie es sich in einer richtigen Familie eben gehört, ist es doch oft auf sie zurückgeschlagen, und an diesem Abend hat sie plötzlich, als sie gemerkt hat, er kommt nicht nach Hause, gesagt, ihr könnt euch nicht vorstellen, wie das ist, und dann hat sie gesagt, ich habe manchmal regelrecht Angst; wovor denn, haben wir sie gefragt, obwohl wir auch erleichtert waren, es ist uns aber zugleich äußerst unangenehm gewesen, von unserer Mutter so ein Geständnis zu hören; außerdem waren wir alle nicht sicher, ob nicht gleich doch die Tür aufginge.

Die Muscheln haben ganz still in der Schüssel gelegen und waren tot, und da hat meine Mutter plötzlich Angst bekommen, daß wir zu aufsässig wären, und hat gejammert, daß sie sich solche Mühe gegeben hätte mit unsrer Erziehung, aber wir haben schon gewußt, daß sie sich bloß nicht getraut hat, gegen den Vater etwas zu sagen, der jetzt bestimmt schon befördert wäre; sie hat einen Heidenrespekt vor dem Vater gehabt, weil er Naturwissenschaftler gewesen ist, was mehr wert als Schöngeist war, es hat damals noch als abgemacht gegolten, daß ich auch zur Naturwissenschaft neigen würde, weil die Musik und die Literatur, überhaupt die gesamte Kultur, nur ein Feierabendgeschäft wären und die Welt sich nicht weiterentwickeln könnte, wenn nicht Naturwissenschaftler und Techniker sie ergründen und tat- und entscheidungskräftig beeinflussen würden, wogegen das Musische, hat mein Vater gesagt, reiner Überfluß wäre und keinen Motor zum Laufen bringt, das hat er deshalb gesagt, weil meine Mutter seit der Flucht ihre Geige im Schlafzimmerschrank stehen hatte, und nur manchmal hat sie, wenn sie traurig gewesen ist, am Klavier gesessen und Schubertlieder gespielt und gesungen, die ganze Winterreise vor und zurück, dabei hat sie geweint, und es hat wirklich schaurig geklungen, obwohl meine Mutter einmal eine schöne Stimme gehabt haben muß, und Geige haben wir sie nur einmal spielen hören, da hat sie auch sehr geweint, und wir haben uns auf die Lippen gebissen, um nicht zu lachen, weil es gräßlich geklungen hat und nach Katzenmusik, sie hat geschluchzt dabei und gesagt, daß die Geige so kratzt, ist kein Wunder, im kalten Schlafzimmerschrank, da gehört sie ja auch nicht hin, und wenn man jahrelang nicht gespielt hat; und da hat sie uns dann doch leid getan. Später ist die Geige auf einmal zerbrochen gewesen, als sie sie aus dem Schlafzimmerschrank holen wollte, das hat sie nämlich manchmal heimlich gemacht, daß sie sie aus dem Schlafzimmerschrank geholt hat, und dann hat sie sich im eisigen Schlafzimmer aufs Bett gesetzt und die Geige betrachtet, dabei hat sie immer geweint, und dann hat sie sie ins grüne Futteral zurückgegeben, das ist immer eine richtige Beerdigung gewesen, sie hat den Geigenkasten im Schlafzimmerschrank beerdigt und ist ganz verweint aus dem Schlafzimmer rausgekommen. Mein Vater hat das nicht gern gehabt, das Verweinte und Sentimentale an meiner Mutter, aber es ist auch vorgekommen, daß er sie in den Arm genommen hat und getröstet, nun laß mal, du hast ja uns, damit sie nur aufhörte, denn das Rührselige hat ihn geschaudert, du hast etwas nah am Wasser gebaut, hat er zu meiner Mutter gesagt; mein Vater hat sich als einen Verstandesmenschen gesehen und gefunden, daß die abstrakte Logik von großer Schönheit ist. Wenn meine Mutter gesagt hat, ein Jammer, dein schöner Bariton, daß du nichts aus dem schönen Bariton machst, ist er immer etwas wegwerfend und verlegen gewesen, obwohl im Grunde, aber davon haben sie nicht gesprochen, die Mathematik mit Musik viel zu tun hat, sie sind darauf nicht gekommen, leider, meine Mutter nicht, weil sie gedacht hat, sie ist ein Gefühlsmensch, sie hat gerne Blumen und Zweige gepflückt, von jedem Spaziergang kam sie mit Blumen und Zweigen zurück, das ist meinem Vater unangenehm gewesen; er ist auch nicht darauf gekommen, daß die Musik mit der Mathematik viel zu tun hat, weil er damit beschäftigt gewesen ist, die Motoren zum Laufen zu bringen; auch meine Mutter ist der Meinung gewesen, daß Motoren zum Laufen gebracht werden müßten, nur manchmal hat meine Mutter Zweifel gehabt, daß das Schöne etwas zu kurz dabei kommt, weil ihr das logische Denken doch trocken und unvorstellbar geblieben ist und sie keine

Freude daran hat empfinden können, wenn mein Vater am Abend logische Schlüsse gezogen hat. Es ist uns allen die Schönheit dieser Schlüsse durch und durch fremd geblieben, er ist der einzige in der Familie gewesen, der diese Schönheit empfunden hat, und an diesem Abend, als die Muscheln in ihrer Schüssel vor uns auf dem Tisch gestanden haben, ist es uns immer schleierhafter geworden, das Schönheitsproblem, aber die Mutter hat uns noch immer gemäßigt und gesagt, wir haben doch auch viel Freude zusammen, und hat uns erinnert, wie wir sonst immer Muscheln gegessen haben, schon die Vorbereitung zum Muschelessen, hat sie gesagt, ist doch immer ein großer Spaß, ist es nicht immer ein großer Spaß, aber dann ist sie nicht mehr so sicher gewesen, weil sie sich nicht viel aus Muscheln macht, und ich habe gesagt, ich jedenfalls esse nie wieder Muscheln, dieser Spaß ist vorbei, dabei ist es mir wieder über die Haut gelaufen, und die Haare an meinen Armen haben sich aufgestellt, wie ich die Muscheln in ihrer Schüssel gesehen habe und mir dabei wieder eingefallen ist, wie sie sich da im Topf geöffnet hatten, ihre Ergebenheit, dabei kann man natürlich nicht von Ergebenheit sprechen, das Öffnen und Schließen geht rein mechanisch, trotzdem ist mir Ergebenheit eingefallen. Ich finde Ergebenheit widerlich. Immer habe ich stark sein wollen und mutig, und ich habe dann probeweise gesagt, was ich schon oft gedacht habe, warum muß es eigentlich immer weitergehen in der Welt, kann das nicht aufhören, das Weitergehen, ich finde, daß es aufhören soll, und mein Bruder hat noch dazugefügt, besonders das Quälen, das Menschenquälen, meine Mutter hat pssst gemacht, weil sie Angst hatte, er könnte uns hören, dabei war er doch gar nicht da, aber so ist das bei uns gewesen, jeder hat gedacht, er weiß alles und hört alles und sieht alles, obwohl wir gewußt haben, daß das ja gar nicht geht, und wirklich hat er ziemlich viel herausgekriegt, weil jeder jeden verpetzt hat; die Mutter hat immer gesagt, wir müssen alle zusammenhalten, und das hat sie an dem Abend auch gesagt, denn wenn alle zusammenhalten, dann ist es eine richtige Familie, und sie haben auch fest zusammengehalten, als alle im Dorf empört waren über die Hochzeit, die Hochzeit von meinen Eltern ist ein fürchterlicher Skandal gewesen und ein fürchterlich dörflicher Skandal, aber mein Vater hat keine Abtreibung gewollt, das stand nicht zur Debatte, weil er Verantwortungsgefühle hat und Moral, schon als er jung gewesen ist, hat er das in hohem Maße gehabt, und da mußten sie eben zusammenhalten, solange mein Vater studiert hat, und hinterher im Flüchtlingslager erst recht, weil er logisch abstrakt war und meine Mutter nur praktisch konkret, das wäre schlecht gegangen, wenn sie nicht kräftig zusammengehalten hätten. Einmal hat mein Vater einen Tag auf dem Bau gearbeitet, als wir in einem Lager waren, aber da hat er am Nachmittag aufgehört. Ich bin nicht für solche Arbeit gemacht, hat er gesagt, er hat auch alle niedrige Arbeit verabscheut und tief verachtet, und da war es schon gut, daß sie zusammengehalten haben, weil meine Mutter Geld verdiente und niedrige Arbeit machte, das Windelkochen in diesem riesigen Topf und Essen und Einkauf und Kinder, was ihm alles schrecklich auf die Nerven gegangen ist, mein Vater war nicht für solchen Kleinkram gemacht, und wir wären glatt erfroren damals, wenn meine Mutter nicht Kohlen geschleppt hätte. Wenn ich dich nicht hätte, hat er gesagt, aber das Flüchtlingslager ist ihm trotzdem schrecklich auf die Nerven gegangen, weil es für ihn nichts Vernünftiges gab, was er tun konnte, die ewigen Ämtergeschichten waren ihm doch zu dumm, der Papierkrieg, die Bürokratie um Wohnung und Essensmarken und Arbeitsgenehmigung, da war unsere Mutter geschickter. Ein Kind rechts, ein Kind links und die Schlange durchstehen, sie konnte auch besser heulen vor den Beamten, das zog. Mach du mal, du weinst so schön, hat mein Vater gesagt, bei dir wirkt das alles viel besser. Mach mir bloß nicht schlapp, hat er auch gesagt, weil sie die Lehrerprüfung ja wiederholen mußte im Westen, ich weiß nicht, wie ich das schaffen soll, hat sie wieder und wieder gesagt, aber mein Vater hat Schwächlinge gehaßt, diese Drückeberger, hat er gesagt, die krank feiern auf anderer Leute Kosten, und Krankheit überhaupt war ihm äußerst zuwider. Als meine Mutter zum drittenmal schwanger war, im Lager, hat sie gesagt, ein drittes kann ich nicht schaffen, da hat er ihr starke Vorwürfe machen müssen, weil mein Vater moralisch gewesen ist von jung an, und wie die Abtreibung schiefgegangen ist hinterher, und da lag sie einigermaßen flach ein paar Wochen, das war dann schon eine schwere Krise, das hätte die Ehe, dieses Zusammenhalten, fast nicht überlebt. Wie siehst du denn aus, hat mein Vater zu ihr jeden Morgen gesagt, wenn sie im Bademantel aufstand zum Kaffeekochen und Kinder fertigmachen für den Kindergarten, weil sie sich einig waren, daß es weitergehen mußte. Es muß ja schließlich irgendwie weitergehen, haben sie gesagt, und mein Vater hat immer großen Wert darauf gelegt, daß alles gepflegt weitergeht. Mein Gott, siehst du elend aus, du schleppst dich so elend herum, hat er gesagt, mach doch ein bißchen mehr aus dir, du solltest mal zum Friseur, hat er oft gesagt, du siehst so unvorteilhaft aus mit den Haaren, wie du dich gehenläßt. Mein Vater ist aus armen Verhältnissen, und da hat er schon gewußt, wie leicht man herunterkommt. Deswegen haben wir immer die weißen Tischdecken auflegen müssen zum Abendbrot; sofort, als wir aus dem Flüchtlingslager heraus waren und eine eigene Wohnung hatten, haben wir die weißen Tischdecken ausgepackt, die meine Mutter nach Westberlin geschafft hatte, und es gab jeden Tag eine frische Decke. Meine Mutter hat manchmal gesagt, ob es Wachstuch nicht auch tun könnte, wegen der Wascherei und dem Mangeln, wir haben doch keine Waschmaschine gehabt am Anfang, aber wenn man einmal so anfängt, hat mein Vater da kategorisch gesagt, dann riecht es auch bald wie bei armen Leuten. Mein Vater hat den Armeleutegeruch nicht ertragen können, daher ist er auch immer sehr großzügig gewesen, später, und hat gigantische Trinkgelder gegeben, wenn er im Lokal bezahlt hat, das hat nämlich er immer gemacht, weil es sich so gehört, daß der Mann bezahlt, und manchmal hat meine Mutter gefragt, ob das sein muß, so unverschämt viel, weil das Geld sowieso nicht reicht bis zum Monatsende, und sie hat ihm vorgerechnet, was sie alles davon noch bezahlen müßten, aber da hat er sie in den Arm genommen und in die Hüfte gezwickt, diesen herrlichen Geiz, dieses kleinlich Knickerige, das liebe ich über alles an dir, hat er gelacht und gesagt, was macht denn das für einen ärmlichen Eindruck, wenn man so knickerig ist. Meine Mutter hat dann gesagt, das kann uns doch eigentlich egal sein, was der Kellner von uns denkt, aber sie hat eben konkret gedacht und mein Vater abstrakt, ihm ging es mehr ums Prinzip; auf die Art haben sie gut zusammengehalten; nur ist es jetzt schon nach acht gewesen.

Ich weiß nicht, wie alles gekommen wäre, wenn wir um sechs hätten essen können, ganz normal. Es ist überhaupt erstaunlich, was die Leute machen, wenn etwas nicht normal verläuft, eine kleine Verschiebung weg vom Normalen, und plötzlich ist alles anders, aber auch gleich alles, kaum ist durch irgendeinen Zufall etwas nicht so wie normal, laufen sie auseinander, wo sie vorher zusammengehalten haben, Mord und Totschlag geht los, und sie würden sich gerne, am liebsten lebendig, die Köpfe abreißen, ungeheuerliche Gewalttaten und Gemetzel, die wüstesten Kriege entstehen daraus, daß aus purem Versehen einmal nicht alles normal ist, und so ist es ja schließlich im großen und ganzen gewesen an diesem Abend, auch wenn es erst später so kam, wir haben manchmal gesagt, wahrscheinlich wären wir alle zusammengeblieben und hätten zusammengehalten wie diese richtige Familie, die wir von Tag zu Tag immer spielten, wenn die Verschiebung nicht gewesen wäre. Sogar wenn das Telefon eher geklingelt hätte, aber das Telefon hat tatsächlich erst viel

später geklingelt, die Verschiebung war immerhin einige Stunden und nicht nur zwei, was aber fast auch schon gereicht hätte, um die Familie kaputtzukriegen, weil, wie gesagt, schon geringere Verschiebungen das größte Unglück herbeiführen können. Einmal war auch schon eine furchtbare Gefährdung des Ganzen eingetreten gewesen, als meine Mutter das Salz vergessen hat auf der Urlaubsreise, weil wir als Proviant immer hartgesottene Eier mit Salz mitgenommen haben, das Salz hat meine Mutter in ein kleines Tütchen geschüttet, das sie aus Pergamentpapier vorher gefaltet hatte, und wer ein hartgesottenes Ei essen wollte, hat sich von ihr das Salztütchen geben lassen im Auto, weil hartgesottene Eier salzlos abscheulich schmecken, sie rutschen nicht ohne Salz, aber einmal hat sie es über der Packerei vergessen, und es hat acht Eier gegeben, für jeden zwei, aber kein Salz, wie es sich in einer richtigen Urlaubsfamilie gehört, und da haben wir alle gedacht, das ist das Ende.
Zum Beispiel ist es dann an jenem Abend zusätzlich absolut nicht normal gewesen, daß wir die Tagesschau nicht gesehen haben, obwohl es schon nach acht gewesen ist; keiner kam auf die Idee, den Apparat einzuschalten, wir haben alle drei am Eßzimmertisch gesessen, und es ist uns unheimlich gewesen, weil es nicht normal war. Hätten wir jetzt den Fernseher eingeschaltet, dann hätten wir nur so getan, als ob; normal wäre es dadurch noch längst nicht gewesen, aber so ist es noch weniger normal gewesen, wir haben aus dem Nicht-Normalen, daß es schon kurz nach acht war, und natürlich waren die Muscheln

mitsamt ihrer niedrigen Wärmekapazität längst kalt, etwas noch Unnormaleres gemacht, weil wir die Tagesschau nicht gesehen haben wie sonst, wir haben das Nicht-Normale verstärkt, wo wir konnten.
Und so war plötzlich die ganze Stimmung verdorben und toxisch, deswegen habe ich plötzlich auch laut gesagt, wo ich es vorher nur leise gedacht hatte, er ist ein richtiger Stimmungsverderber, ich war nämlich durch dieses Unnormale ganz aus der über den Kopf gezogenen Feierstimmung geraten, und erst jetzt habe ich gemerkt, daß ich nicht wirklich in ihr gewesen bin, sondern sie mir nur über den Kopf gestülpt hatte, weil das Verwildern aufhören würde, das wir immer hatten, wenn mein Vater auf einer Dienstreise war, und meine Mutter hat dann gesagt, wenn er jetzt käme, würden aber wir ihm schön die Stimmung verderben, weil uns so gar nicht mehr feierlich ist. Weil wir es jetzt alle drei gesagt hatten, haben wir keine Angst mehr gehabt, einer könnte es später petzen, und mein Bruder hat gesagt, wir verderben ihm sowieso nur die Stimmung, was auch gestimmt hat, denn es hat meinem Vater gewaltig die Stimmung verdorben, wenn er am Abend gehört hat, daß mein Bruder wieder nur eine Vier geschrieben hatte, und ich habe oft gelogen, er hat leider oft feststellen müssen, daß ich verlogen wäre, was er nicht ausstehen konnte, die ganze Wahrheitsfindung, die er am Abend hat machen müssen, auch wenn er die Schönheit von logischen Schlüssen gesehen und genossen hat, und das Strafenfestsetzen und Ordnungschaffen in seiner Familie, das hat ihm abends die Stimmung verdorben bis weit nach der Tagesschau, wir haben

ihm überhaupt, haben wir gesagt, das ganze Leben verdorben, und er hat es auch gesagt, es verdirbt einem das ganze Leben, diese ständigen Enttäuschungen mit der Familie, die Familie ist ihm eine einzige Enttäuschung gewesen, die Kinder besonders, aber auch meine Mutter muß ihm eine ständige Enttäuschung gewesen sein, sie hat zwar so lustig getan, wenn er kam, um halb sechs, aber da ist sie vorher noch schnell im Bad verschwunden; meine Mutter hat zu ihrem Unglück feine, weiche Haare, und wenn sie abgespannt ist, fallen die Haare trotz Dauerwelle in sich zusammen und sehen traurig aus, um kurz vor halb sechs ist sie also ins Bad verschwunden und hat sie gekämmt, so gut sie konnte, toupiert; sie ist nicht geschickt im Toupieren gewesen, weil es sie nicht interessiert hat, sie hat nicht gefunden, daß das Schöne ausgerechnet eine toupierte Frisur sein muß, und da hat es manchmal auch nichts genützt, wenn sie die Haare toupiert und mit Haarspray besprüht hat, man konnte gleich sehen, daß sie in Wirklichkeit ziemlich in sich zusammengefallen waren, und das Haarspray hat auch nicht geholfen; und Lippenstift hat sie sich schnell auf die Lippen gemalt, und weil alles so schnell hat gehen müssen, ist es oft passiert, daß sie dann, wenn sie die Tür aufgemacht hat, und mein Vater ist reingekommen, Lippenstift an den Zähnen hatte, und das hat meinem Vater allergründlichst die Stimmung verdorben, der Anblick, weil die Damen in seinem Büro, die Sekretärin zum Beispiel, dagegen die reinste Augenweide geboten haben. Einmal hat er an einem Wochenende am Fenster gestanden, und es sind ihm die Tränen gekommen, wie er vorm Haus gesehen hat, daß die Jungen Fußball gespielt haben, mein Vater hat nämlich auch Fußball gespielt als Junge, sehr gut sogar, mein Vater hat alles, was er gemacht hat, sehr gut gemacht, und er hat da die Jungen spielen sehen, mein Bruder hat auch mitgespielt, und mein Bruder ist nicht sehr gut in Fußball gewesen, er hat eigentlich nur linkisch und ungeschickt am Rand herumgestanden und gehofft, daß die anderen ihn vergessen und ihm bloß keinen Ball zuschießen, manchmal ist er zum Schein ein paar Schritte in eine ganz falsche Richtung gerannt, damit es nicht so aussähe, als wäre er festgewachsen am Rand, und als mein Vater am Fenster gestanden hat, hinter der Eßzimmergardine, hat er gesehen, wie linkisch und ungeschickt mein Bruder sich angestellt hat, und daß er sich geradezu schrecklich vor diesem Fußball gefürchtet hat, mein Vater hat sogar gesagt, der rennt ja noch weg vor dem Ball, und ihm sind die Tränen gekommen, das soll mein Sohn sein, hat er zu meiner Mutter gesagt, das ist doch die reinste Enttäuschung, und es hat meinem Bruder auch nichts genützt, daß er gut Volleyball spielen konnte, das ganze Trainieren, er hat sich sehr angestrengt, die Enttäuschung ist eben zu groß gewesen bei meinem Vater, er hat das Weiche nicht ausstehen können, das Weichliche, das mein Bruder und meine Mutter gehabt haben, geblümte Existenzen, hat er gesagt, weil er sportlich war und sportliche Ideale hatte, wettstreiterische, er hat zu seinen sportlichen Idealen auch competition gesagt, und es ist mein Glück gewesen, daß ich auch sportlich war, weil er angenommen hat, daß ich damit auch sportliche Ideale und competition hätte, was aber nicht der Fall gewesen ist, er hat das aber nicht gleich gemerkt, und so habe ich ihm wenigstens nicht durch Unsportlichkeit das Leben verdorben, sondern durch krumme Beine, die ich von ihm geerbt habe, aber bei einem Mann und Fußballer sind sie nicht schlimm, während sie bei einem Mädchen unverantwortlich katastrophal aussehen, außerdem Pickel, obwohl ich immer in der Schule gut war, den Ehrgeiz hast du von mir, hat mein Vater gesagt, aus dir wird mal was, tu mir bloß den Gefallen, daß wenigstens aus dir mal was wird, und ich bin auch wirklich sehr ehrgeizig gewesen und habe immer Einsen geschrieben und auf dem Zeugnis nach Hause getragen, weil ich in keinem Fall wollte, daß es mir geht, wie es meinem Bruder gegangen ist, der meinem Vater mit seinen Vieren total das Leben verdorben hat, und das hat er sich nicht gefallen lassen, mein Vater, daß seine Brut ihn blamiert. Mein Bruder hat es nicht fertiggebracht zu lügen, was ich konnte, obwohl ich keine Vieren geschrieben habe, aber dafür habe ich heimlich Nachhilfestunden gegeben und Geld verdient, weil wir nur sehr wenig Taschengeld hatten, und von dem Geld bin ich heimlich ins Kino gegangen, und den ganzen Tag habe ich in Kaffeehäusern gesessen; der Ehrgeiz, den ich gehabt habe, das war, damit es nicht auffällt, daß ich Geld verdiene und damit ins Kaffeehaus gehe, von Kino natürlich zu schweigen, obwohl mein Vater sehr gern ins Kino gegangen ist, als er jung war, da ist er außerordentlich gern in Kinos gegangen, schon weil zu Hause die Kinder den ganzen Tag nur gebrüllt haben, mein Bruder weniger, ich dafür mehr, und in Berlin, wo er dann studiert hat, sowieso. Er hat die Provinz, in der wir zu Anfang gelebt haben, gründlich verabscheut, mein Vater, es ist ihm zu wenig weltstädtisch zugegangen, da ist ihm ja nur das Kino geblieben. Ich bin auch gern ins Kino gegangen, aber das habe ich lieber nicht laut gesagt, sondern immer habe ich gesagt, wir haben Sport in der dreizehnten Stunde, das war gelogen, weil es gar keine dreizehnte Stunde gab, so spät, wie ich heimkam, war die Schule längst aus, aber es ist nicht aufgefallen, und ich habe den ganzen Tag Stunden gegeben, in Kinos und Kaffeehäusern gesessen, Zigaretten geraucht und Bücher gelesen und bin erst nach der dreizehnten Stunde, die es nicht gab, nach Haus; es war allerdings für mich auch leichter zu lügen als für meinen Bruder, denn bei Klassenarbeiten mußten die Eltern die Note noch unterschreiben, und meine Mutter hat immer gesagt, das soll der Vater mal unterschreiben, und hat am Abend gepetzt, da war also nicht viel zu machen. Hinterher hat es ihr leid getan, wenn er nasenblutend und heulend herauskam vom Wohnzimmer, mein Bruder, und die ganze Zeit hat sie geheult, wenn sie ihn drinnen hat brüllen hören, weil es ihr im Grunde leid getan hat, daß sie den Vater enttäuschen mußte und daß meinem Bruder die Nase geblutet hat nach der Enttäuschung, und mein Vater hat ihr auch Vorwürfe gemacht, er konnte sich schließlich nicht auch noch darum kümmern, natürlich ist eine Mutter schuld, wenn der Sohn so stinkend faul ist, daß er nur Vieren schreibt, an der Intelligenz, hat mein Vater gesagt, kann es bei ihm nicht liegen, mein Vater ist nämlich ein intelli-

genter Mensch gewesen, also hat es an ihm nicht liegen können, dieses Versagen, aber vielleicht, hat er gesagt, ist er trotzdem auch einfach dumm und stinkend faul, weil meine Mutter nicht als sehr intelligent gegolten hat in der Familie, und da hätte es ja auch gut sein können; manchmal hat mein Vater den starken Verdacht gehabt, und es ist ihm ein schwacher Trost gewesen, daß wenigstens ich als intelligent gegolten habe, weil ein Mann sich doch wünscht, auf seinen Sohn einen Stolz zu haben. In richtigen Familien, wie sich mein Vater eine gewünscht hat, sind Väter auf ihre Söhne stolz, und mein Bruder hätte sich etwas mehr anstrengen müssen, aber er hat sich überhaupt nicht genug angestrengt, ich kann ja doch machen, was ich will, hat er immer gesagt; es ist auch nicht leicht gewesen, unserem Vater zu imponieren, weil er in allem, was er gemacht hat, sehr gut gewesen ist, während alles, was er nicht gemacht hat, nicht sehr wichtig gewesen ist, mein Vater ist gut in Sport und Naturwissenschaften gewesen, das Musische, wohin es meinen Bruder vielleicht gezogen hätte, ist aber nicht wichtig gewesen, es wäre meinem Vater ein großer Schmerz gewesen, diese Verweichlichung von seinem einzigen Sohn, das hat ihm das Herz zugeschnürt und die Stimmung verdorben, dieses Verträumte.
Wir sind jetzt alle drei von einer großen Unbeholfenheit gewesen, plötzlich, wir sind uns ungeschickt vorgekommen und hilflos, weil wir nicht wußten, was wir jetzt machen sollten, meine Mutter ist aufgestanden vom Eßzimmertisch, wir sitzen ja hier im

Dunkeln, hat sie gesagt und hat Licht angemacht. Ich kann diese widerlichen Dinger da nicht mehr sehen, hat sie plötzlich auch noch gesagt statt wie sonst, daß sie sich nicht so sehr viel daraus macht, ich kann diese widerlichen Dinger da nicht mehr sehen, und sie haben auch ekelhaft ausgesehen, die Muscheln; wenn sie frisch gekocht sind, glänzen sie, aber jetzt sind sie langsam getrocknet und schrumpelig geworden, mir ist auch vorgekommen, als würden sie dunkler werden, das Gelbe hat richtig unangenehm ausgesehen mit dem grünlichen Rand drumherum, und die Schalen sperrangelweit offen. Mir kommt die Galle hoch, hat meine Mutter gesagt, und mir hat das sofort eingeleuchtet, obwohl ich nicht genau wußte, was Gallehochkommen ist, meine Mutter hat es aber gewußt, sie hat dauernd Gallenbeschwerden gehabt, und alle drei haben wir bös auf die Muscheln gestarrt, bis meine Mutter den Wein geholt hat, der schon im Kühlschrank stand, zur Feier des Tages. Der Wein ist eine Spätlese gewesen, etwas Besonderes, bei uns hat es zu besonderen Anlässen immer Spätlese gegeben, und zu ganz außergewöhnlich besonderen hat es Eiswein gegeben, weil ein Wein, je schwerer er nach Likör schmeckt, umso edler ist, und diese Spätlese ist sicher auch schon recht teuer und edel gewesen, eigentlich hätten wir sie nicht trinken dürfen, bevor mein Vater zu Hause wäre, aber wir konnten ja nicht den ganzen Abend lang auf die ekligen Muscheln starren, daß meiner Mutter die Galle hochgekommen ist, und als meine Mutter den Wein aufgemacht hat, sind wir uns alle drei ungemein aufsässig vorgekommen, wir haben um die toten Muscheln herumgehockt wie verschworen und Vaters zweitbesten Wein ohne ihn ausgetrunken, dabei haben wir langsam festgestellt, daß das Stimmungsverderben ein recht allgemeines gewesen ist, und mein Bruder hat gesagt, dieses klebrige Zeugs, das hält er für edel, wir haben lachen müssen, wie grimmig er dabei geschaut hat, und mein Bruder und ich haben genauso schnell getrunken wie unsere Mutter, nur daß sie schneller beschwipst ist, davon ist unsere Unbeholfenheit, das Beklommene, weggegangen, und wir sind zu der Zeit schon ziemlich sicher gewesen, daß mein Vater einen Autounfall gehabt hätte, weil er noch nicht kam, und mit der Zeit ist unsere Stimmung durch die Spätlese immer seltsamer geworden, wir haben abends sonst immer Tee getrunken und Milch, nur mein Vater hat Bier getrunken und manchmal Kognac. Bei seinen logischen Schlußfolgerungen hat er immer Kognac getrunken, das haben wir an dem Abend zufällig herausgefunden, weil mein Bruder, als er die Gläser geholt hatte, gesagt hat, der Wohnzimmerschrank ist mir ganz verhaßt, immer holt er sich erst einen Kognac aus der Bar im Wohnzimmerschrank heraus, bevor es losgeht; und das hat er bei mir genauso gemacht. Immer ist er vorher an den Wohnzimmerschrank, im mittleren Teil war die Bar, so hat er die Flaschensammlung genannt, und zuerst hat er sich einen Kognac eingeschüttet, bevor er anfing zu fragen und logische Schlüsse zu ziehen. Mein Bruder hat nicht wissen können, daß er das bei mir auch so gemacht hat, und ich habe nicht wissen können, daß er es bei ihm auch so gemacht hat, weil die Wohnzimmertür vorher zugeschlossen wurde und er den

Schlüssel in die Hosentasche gesteckt hat, und meine Mutter konnte es also überhaupt nicht wissen, sie hat ja die ganze Zeit auf dem Flur gestanden. Sie hat den Wohnzimmerschrank aber auch nicht leiden können, weil er so neudeutsches Altdeutsch war, und meine Mutter hat einen anderen Geschmack gehabt, nicht so einen gediegenen, wuchtigen, aber mein Vater hat sich auf keine billigen Sachen mehr eingelassen; er ist ihr auch zu dunkel gewesen, der Wohnzimmerschrank, meiner Mutter, sie hätte es gern etwas heller gehabt, etwas freundlicher, hat sie gesagt, aber sie hat es natürlich nicht meinem Vater gesagt, weil mein Vater äußerst geschmackssicher war und nicht gern hatte, wenn man seine Geschmackssicherheit bezweifelte. Ich konnte den Wohnzimmerschrank schon überhaupt nicht ausstehen, weil ich ein paarmal mit dem Kopf dagegengeflogen war, was ich an dem Abend auch gesagt habe, besonders die Griffe sind förmlich lebensgefährlich, habe ich gesagt, die Schubladengriffe sind nämlich Eiche, gedrechselt, gewesen und haben gefährlich weit vorgestanden, und meine Mutter hat sich beim Putzen öfter das Knie daran angestoßen, und die Schlüssel an den Türen sind auch nicht besser gewesen, Messing, ich habe gesagt, daß die Griffe und Schlüssel an diesem altneuhochdeutschen Wohnzimmerschrank förmlich lebensgefährlich sind, ob nun gedrechselt oder aus Messing, daß aber die Griffe und Schlüssel noch gar nichts sind, habe ich gleich hinzugefügt, gegen die Butzenscheiben, weil man die ganze Zeit nur Sorge hat, nicht durch die Butzenscheiben hindurch zu fliegen, und das hätte man sich nicht ausmalen können, was dann geschehen wäre, wenn einer die Butzenscheiben durchflogen und also kaputtgemacht hätte. Mein Bruder hat mir zugestimmt und hat die Butzenscheiben auch noch weit schlimmer gefunden, heimtückischer, als die gedrechselten Eichengriffe und Messingschlüssel, er hat aber hinzugesetzt, außer daß sie lebensgefährlich sind, haben Wohnzimmerschränke keine Funktion, aber ich habe ihn gleich an die Bar erinnert, die eine Funktion gehabt hat, und meine Mutter hat meinen Bruder und mich an die Briefmarkensammlung erinnert, und da hat er natürlich zugeben müssen, daß Wohnzimmerschränke ihre Funktion haben, unser Wohnzimmerschrank war voll mit der Briefmarkensammlung, die mein Vater für meinen Bruder und mich angelegt hatte, als Zukunftsanlage. Es sind mehrere Briefmarkenalben gewesen, für die man an und für sich nicht einen ganzen Wohnzimmerschrank gebraucht hätte, die Briefmarken sind aber ungefähr einmal im Monat per Post gekommen und sind immer als kleine Päckchen verpackt gewesen, meinem Vater ist es um Vollständigkeit gegangen, eine Briefmarkensammlung hat nur Sinn und Wert, wenn sie vollständig ist, hat er gesagt. Die Päckchen sind per Nachnahme angekommen, vormittags, wenn bei uns niemand zu Hause war, und dann lag mittags der Nachnahmezettel im Briefkasten, wo auch draufstand, wieviel sie diesmal kosten, sie haben wegen ihrer Vollständigkeit auch ihren Preis gehabt, und einer von uns hat sie am Nachmittag abholen müssen; das ruiniert mich nochmal, eure Zukunft, hat meine Mutter gesagt, wenn sie auf dem

Nachnahmezettel gelesen hat, welchen Preis sie für unsere Zukunft zu zahlen hatte, aber sie hat nur im Scherz so gejammert und dann die Päckchen bezahlt, und auf die Art war unsere Briefmarkensammlung tatsächlich von erheblicher Vollständigkeit, und die Päckchen haben auch vollständig unseren Wohnzimmerschrank ausgefüllt, der also sehr wohl eine Funktion gehabt hat, es haben in Päckchen verpackt alle Briefmarken in unserem Wohnzimmer gelegen, die von 1965 an in der Bundesrepublik Deutschland und in der DDR herausgegeben worden sind, und mein Vater hat später auch noch einen zweiten Vertrag unterschrieben, der rückwärts ging bis zum Krieg, unsere Zukunft hat in Form einer immer vollständigeren Briefmarkensammlung im Wohnzimmerschrank gelegen, eine gesamtdeutsche Zukunftsanlage von großem Wert hat meinem Vater vorgeschwebt, und wenn meine Mutter gesagt hat, ein reichlich teures Vergnügen, so eine Zukunftsanlage, hat er sich nur über ihren Unverstand wundern können und ihr die Wertsteigerung erklärt, wovon sie aber nichts wissen wollte, sie hat gesagt, das kann ja gut sein, aber heute sind sie auch bereits ziemlich teuer, diese gesamtdeutschen Briefmarken, und er hat dann gesagt, das ist Investition, und das zahlt sich aus; an Investitionen zu sparen, ist völliger Unsinn, da merkt man, daß du vom Dorf kommst, wo die Zukunft im Sparstrumpf liegt, die Kleinlichkeit wirst du dein Lebtag nicht los, mein Vater hat gefunden, an Investitionen zu sparen, das ist der Gipfel des Provinzialismus, und manchmal hat meine Mutter darauf noch gesagt, ihre Großmutter hätte damals das Geld nur so waschkörbeweise unter dem Bett stehen gehabt während der Währungskrise und Inflation, und dann hat sie gefragt, weißt du eigentlich, was das kostet, aber es hat meinen Vater nicht interessiert, was das kostet, weil er im Büro gewesen ist, wenn die Päckchen kamen und bei der Post ausgelöst werden mußten, und er hat gelacht und gesagt, nur einen Bruchteil von dem, was es einbringt und hinterher wert ist, du willst doch nicht an der Zukunft der Kinder sparen, und das hat sie natürlich nicht gewollt, und außerdem hat auf diese Art unser Wohnzimmerschrank eine Funktion gehabt, und mein Vater hat auch noch das Briefmarkensammlungszubehör bestellt gehabt, die Pinzetten und Lupen und all diese Instrumente zum Briefmarkeneinsortieren, die lagen in seinem Schreibtisch, und einmal hat er uns beibringen wollen, wie man die Briefmarken in die Briefmarkenalben hineinsortiert, das System und die Technik, er hat auch den Katalog jedes Jahr bestellt, und nach dem Katalog hätten wir immer die Briefmarken einordnen sollen, aber gleich bei der ersten Briefmarke haben wir uns so dumm angestellt, so geradezu übertrieben dämlich, wie mein Vater gesagt hat, daß er hat feststellen müssen, ihr habt kein Gefühl für den Wert einer Briefmarkensammlung, wer sich von vornherein so dumm anstellt, gleich bei der ersten Marke, dem ist nicht zu helfen, Tolpatschigkeit und Schlamperei sind die Feinde des Briefmarkensammelns, und dann hat er es uns nochmal gezeigt, aber es ist uns nicht gelungen, uns in der Unmenge Päckchen zurechtzufinden und noch im Katalog, und ich habe zur vollständigen Verärgerung meines Vaters auch noch gesagt, eigentlich sehen sich Briefmarken alle recht ähnlich, findet ihr nicht, weil es eben sehr viele waren, und es ist ein Unterschied, ob man zehn Briefmarken einzusortieren hat oder etliche Jahrgänge vollständig; er ist, hat er gesagt, ein leidenschaftlicher Briefmarkensammler gewesen, und eine gesamtdeutsche Briefmarkensammlung war immer sein Traum, es hat ihn gekränkt, daß wir ihm diesen Traum sabotiert haben durch unsere Dämlichkeit, daß wir so gar keine Gründlichkeit und Geduld haben aufbringen können für seinen gesamtdeutschen Vollständigkeitstraum, der schließlich unsere Zukunftsanlage war, und mein Vater hat seine Feierabende oder die Wochenenden nicht damit verbringen können, für unsere Zukunft gesamtdeutsche Briefmarken in diese Alben hineinzuordnen, das ist unsere Aufgabe gewesen, an die wir schon bei der ersten Briefmarke nicht gründlich und geduldig, sondern tolpatschig und schlampig herangegangen waren, weshalb uns eine so kostbare und wertvolle Sammlung wie die uns zugedachte nicht in die Hände hat gegeben werden können, mein Vater hat diese Dinge für später ruhen lassen, wenn wir verantwortlich mit der Briefmarkensammlung und unserer Zukunft würden umgehen können, und die Folge davon ist nichts anderes gewesen als eine totale vollständige Überfüllung unseres Wohnzimmerschranks mit kleinen Nachnahmepäckchen, die meine Mutter allmonatlich schimpfend am Postschalter ausgelöst oder einen von uns hat auslösen lassen, um sie dann in die Schubladen hineinzustopfen. Aber auch die Regalbretter unseres eichenen

Wohnzimmerschranks waren vollgefüllt, weil mein Vater, der eine ausgesprochene Begeisterung für das Vollständige gehabt hat, alle Ausgaben des SPIEGEL seit Bestehen besessen und in den Regalen des Wohnzimmerschranks aufbewahrt hat, alle Nummern seit etwa der Währungsreform, der SPIEGEL hat sich selbst zu einem Jubiläum einmal vollständig zum Kauf angeboten, und da hat mein Vater, weil der SPIEGEL deutsche Geschichte seit 48 ist, alle Nummern gekauft, ebenso wie er den Ziegler, ein zwanzigbändiges Geschichtslexikon, komplett gleich als erstes nach unserer Flucht auf Kredit gekauft hat, weil nach unserer Flucht in den Westen ein neues Geschichtsbild fällig war und entstehen mußte, mein Vater hat sein Geschichtsbild zwanzigbändig und auf Kredit bei Herrn Ziegler erworben, vieles haben wir drüben ja gar nicht gewußt, hat er gesagt und den Mangel bei Ziegler komplett geschlossen; wenn mein Vater etwas begonnen hat, hat er es im selben Moment auch schon vollführt gehabt, und es hat dann den Wohnzimmerschrank gefüllt, den wir aber nicht nur deswegen nicht haben leiden können, weil uns daraus die vollständige Geschichte von oben herab gedroht hat; mein Vater ist aufgesprungen, wenn wir etwas nicht gewußt und gefragt haben und es erklärt bekommen wollten, und hat den Ziegler zur Hand genommen und darin gesucht, dann hat er es erst für sich selbst gelesen und noch in anderen Bänden nachgeschlagen, am Ende sind manchmal drei, vier Bände aufgeschlagen gewesen, und mein Vater hat gründlich alles, was wir wissen wollten, in drei, vier Bänden bei Ziegler studiert, während wir unruhig geworden sind, weil wir inzwischen nicht wußten, was wir im Wohnzimmer machen sollten, und unsere Schulaufgaben sind davon nicht fertiggeworden, daß wir im Wohnzimmer meinem Vater zugeguckt haben, wie er auf unsere Fragen Ziegler studiert, und dann hat er uns alles gründlich historisch erklärt, weil wir historisch nicht sehr gebildet waren, in unseren Schulen, so hat mein Vater gesagt, hat man uns ein falsches, zu oberflächliches Geschichtsbild beigebracht, eine Husch-husch-Bildung, aber nichts gründlich und vollständig und ganz von Anfang an, wie man es drüben getan hat, nur war es drüben eben leider das Falsche gewesen, deswegen auch die Flucht, und mein Vater hat uns nicht nur den Ziegler, aber doch vor allem den verlesen; um unser mangelhaftes Geschichtswissen aufzufüllen, hat er sehr viele Seiten verlesen, bis er zu unserer Frage kam, manchmal ist er auch nicht bis dorthin gekommen, weil es sehr viele Seiten gewesen sind, die er hat vorlesen müssen, und alles haben wir nicht verstanden und uns nicht merken können, weil wir kein Breiten- und Tiefenwissen in unseren Schulen gelernt haben, sondern nur Punkt- und Flächen-, nämlich Oberflächenwissen, wir haben, das hat mein Vater immer gleich gemerkt, wie wir ihn angeschaut haben, wenn er den Ziegler verlesen hat, nichts anderes gelernt als nur Dünnbrettbohren und Trittbrettfahren; Trittbrettfahrer und Dünnbrettbohrer haben unser Schulsystem und unsere Mutter aus uns gemacht, und statt ihm freudig und interessiert nun zuzuhören, was er uns vorgelesen hat auf unsere Frage, haben wir ungeduldig geblickt und nichts verstanden, wir haben nur eine Jahreszahl haben wollen oder eine kurze Erklärung für unsere Schularbeit und sie dann einsetzen können und auswendig wissen, nicht aber das Ganze von Anfang an, wie er es aus dem Ziegler heraus uns gesucht hat, aber auf dieses gründliche Zieglersche Wissen ist es uns gar nicht angekommen, und auch sonst sind wir nicht neugierig oder erpicht auf die Dinge gewesen, die im Lexikon standen, weil wir systematisch aufs Dünnbrettbohren erzogen waren und nicht systematisch denken gelernt hatten, wie er es uns beibringen wollte, wenn er auf unsere Fragen nachgeschlagen hat, weil es ihn danach gedrängt hat, die Lücke zu füllen, die doch unsere Lücke gewesen ist, die wir aber offenkundig nicht gefüllt haben wollten, wir wollten nur eine kurze Antwort, während es kurze Antworten gar nicht gibt und nicht geben kann, sondern nur Breiten- und Tiefenantworten, und wenn ich durchgekommen bin in der Schule mit meinem Punkt- und Flächenwissen, dann hat das daran gelegen, hat mein Vater gesagt, daß für Dünnbrettbohren und Trittbrettfahren heute schon Einsen verteilt werden, statt wie früher nur Vieren, wo es auf anderes angekommen ist. Mein Vater hat gesagt, deine Eins wäre früher nur eine Vier gewesen, bestenfalls, wahrscheinlich nicht einmal das, und im Grunde hat mein Vater gedacht, daß meine Eins sogar ungenügend gewesen wäre. Was wir leisten mußten für eine Drei, hat er gesagt, das fällt heute aus jeder Skala heraus; mein Vater ist ein außergewöhnlich guter Schüler gewesen, und wenn es Zeugnisse gab, hat sich mein Bruder schon gar nicht nach Hause getraut, und zu mir hat mein Vater gesagt, das sieht scheinbar ganz ordentlich aus, nur die Noten sind heute nichts wert, und dann hat er seine Zeugnisse aus dem Schreibtisch geholt und verglichen, und wenn meines besser gewesen ist als seins, hat er es immer besonders gemerkt, diesen Leistungsverfall, und es ist ihm klargeworden, was er in meinem Alter schon alles gewußt und gekonnt hat, während ich von all dem in demselben Alter noch fast nichts oder nur sehr wenig gekonnt habe, weil ich Klavier gespielt und gelesen habe, was aber nicht viel wert gewesen ist gegen Logarithmen, im Gegenteil, und mein Vater hat gleich geantwortet, das bringt nicht einen Motor zum Laufen, er hat auch gesagt, das hilft gar nichts, wenn man den Unterschied zwischen notwendig und hinreichend nicht begreift, und damit hat er leider nur allzu recht gehabt, weil ich den Unterschied nicht begriffen habe, obwohl er in unserer Familie sehr wichtig gewesen ist, so wichtig wie in der Logik, denn eine Eins war eine notwendige Bedingung, um meinem Vater die Stimmung nicht zu verderben, aber doch keine hinreichende, und insgesamt war es so, daß ich die notwendigen Bedingungen meistens erfüllt habe, aber doch nie die hinreichenden, während mein Bruder schon an den notwendigen ganz versagt hat; es war zwar notwendig, eine Eins nach Hause zu bringen, aber weil diese Eins eine Schein-Eins, in Wirklichkeit also wertlos war, indem sie für Punkt- und Flächenwissen verteilt worden war, ist mein Vater verärgert gewesen, er hat in seiner Familie Unbildung, das Husch-husch, nicht geduldet, und so ist die notwendige Bedingung auch immer zugleich die in keinem Fall hinreichende gewesen, tatsächlich habe ich fast nie erlebt, daß eine Bedingung hinreichend gewesen ist; alle notwendigen Bedingungen haben zum Wesen gehabt, daß sie nicht hinreichend waren, weshalb ich Klavier gespielt und gelesen und damit also meine Intelligenz verplempert habe, sehr zum Verdruß meines Vaters, denn es hat damals noch als abgemacht gegolten, daß ich in seine Fußstapfen treten und die Naturwissenschaften studieren würde, ich hätte auch nicht, wie ich es eine Zeitlang gewünscht habe, Klavier studieren können, weil es mein Vater nicht gut vertrug, das Klavierspielen, hör sofort mit dem Geklimpere auf, hat er oft gesagt, wenn er müde nach Hause gekommen ist und mich noch am Klavier angetroffen hat, obwohl er andererseits unerbittlich darauf bestand, daß wir beide, mein Bruder und ich, wenigstens ein Instrument spielen sollten und an diesem Instrument täglich eine Stunde zu üben hätten, und während mein Bruder nicht diese eine Stunde geübt hat, habe ich täglich zuweilen mehr als diese eine Stunde geübt und mich beim Üben auch noch erwischen lassen, wenn mein Vater am Abend nach Hause kam, was sofort seinen Zorn erweckt und ihm regelmäßig die Stimmung verdorben hat, ich habe zu meiner Entschuldigung angeführt, mit einer Stunde am Tag kann man nicht Klavierspieler werden, aber mein Vater ist gegen Klavier allergisch gewesen, es hat ihn geschüttelt, wenn er mein Üben gehört hat, ich habe sofort vom Klavierhocker springen müssen, die Noten wegräumen, den Deckel herunterklappen, mein Vater ist schon gegen Spuren meines Klavierübens allergisch gewesen, weshalb ich es nach und nach eingestellt und tage- und nächtelang nur gelesen habe. Wenn ich am Fernseher saß, bin ich oft eingeschlafen, und man hat mich ins Bett tragen müssen, wo ich dann aufgewacht bin und sofort angefangen habe zu lesen, wenn die Tür zugegangen war, ich bin immer blaß gewesen vor Übernächtigtsein, mein Vater hat gesagt, das Kind sieht ungesund aus, das ist vom Lesen gekommen, die vielen Bücher habe ich heimlich aus unserer Stadtbücherei geholt und versteckt, und immer habe ich Angst gehabt, daß mein Vater sie finden könnte; in einer richtigen Familie, hat mein Vater gesagt, ist Heimlichkeit überflüssig, und jeder von uns hat die größte Angst haben müssen, bei Heimlichkeiten erwischt zu werden, und nur jetzt haben wir, weil es spät und später wurde und wir die Spätlese leer getrunken hatten, alle Angst und Ängstlichkeit abgelegt gehabt, wir sind alle drei beschwipst gewesen, nur eine Restängstlichkeit hat uns daran gehindert, auf die Uhr zu schauen. Wir haben erst später auf die Uhr geschaut, und vorher haben wir gesagt, er hat bestimmt einen Autounfall gehabt, aber ein Autounfall kann ja alles Mögliche sein, es gibt solche und solche Autounfälle, haben wir gesagt, eine Panne war aber zu diesem Zeitpunkt schon ausgeschlossen, weil er da angerufen hätte, so spät war es dann doch schon. Nach einem Autounfall kommt man doch mindestens erstmal ins Krankenhaus, hat mein Bruder gesagt, und ich habe gesagt, mindestens. Meine Mutter hat das Thema gewechselt und gesagt, mal einen Sonntag ohne das Verdi-Geschrammel, wie fändet ihr das? Bei uns ist nämlich jeden Sonntagvormittag eine Platte von Verdi gelaufen, mindestens, und mein Vater hat mitgepfiffen, und während der Zeit hatten wir mucksmäuschenstill zu sein, so leise wie bei der Sportschau, und wir hatten im Wohnzimmer herumzusitzen und zuzuhören, wie mein Vater den Rigoletto gepfiffen hat oder Aida, während die Mutter den Braten gemacht hat, und das ist bis mittags so gegangen, meine Mutter hat diesen ewigen Verdi, wie sie gesagt hat, nicht ausstehen können, diesen Musikersatz, hat sie gesagt, dieses banale Schrumschrumschrum in den Bässen, sie hat die Küchentür zugemacht und ist erst wieder rausgekommen, wenn dieser Verdi im Wohnzimmer alle war, und dann hat sie gleich gelüftet, um die Reste vom Troubadour rauszulassen, aber sie hat es sehr unauffällig gemacht, Verdi ist doch das einzige, was man hören kann, hat mein Vater zum Schluß immer sehr befriedigt gesagt, während meine Mutter alles getan hat, dem abscheulichen Gefangenenchor zu entgehen, unter diesem Gefangenenchor hat meine Mutter viele Jahre gelitten, überhaupt unter Verdi, und ich habe besonders darunter gelitten, wie mein Vater ihn mitgepfiffen hat, weil wir nicht aus dem Wohnzimmer gehen durften, während die Platte lief, nur manchmal hatten wir Glück, und mein Vater hat Mozart aufgelegt, von Mozart aber einzig die Zauberflöte, und die hat er von vorne bis hinten pfeifen können, ohne nur einmal abzusetzen, und davon hat er dann kräftigen Hunger auf Sonntagsbraten bekommen. Meine Mutter hat weder Verdi noch Braten gut leiden können; weil sie die Woche hat arbeiten müssen und kochen und putzen und Kinder erziehen und alles, hat sie nicht auch noch am Sonntag den Vormittag in der Küche stehen mögen, hat sie gesagt, mein Vater ist aber nie über Sonntag weggewesen, Dienstreisen hat er von Montag bis Freitag gemacht, also ist meiner Mutter der Verdi kein einziges Mal erspart geblieben, diese akustische Wohnzimmerpest, wie sie an dem Abend, als sie schon sehr beschwipst war, mehrmals gesagt hat, diese akustische Wohnzimmerpest, und ich habe gesagt, du bist ja wenigstens draußen, du hörst es doch kaum, aber sie hat gesagt, wenn das die Alternative ist: Verdi oder Kalbsnierenbraten, dann danke, weil sie zum ersten Mal aufbegehrt hat in ihrem Leben, und außerdem ist Verdi zwar eine notwendige, aber wiederum keineswegs hinreichende Bedingung für einen gelungenen Sonntag gewesen, darauf hat sie uns aufmerksam gemacht, wir haben dann nachgedacht und keine einzige Bedingung unter den sehr vielen notwendigen gefunden, die wirklich hinreichend gewesen wäre für einen gelungenen Sonntag, und einmal mehr ist uns der Unterschied zwischen notwendig und hinreichend so schleierhaft gewesen wie das Schönheitsproblem, wir konnten uns alle drei nicht erinnern, daß es einmal einen Sonntag gegeben hätte, durch den wir halbwegs hinreichend hindurchgekommen wären, weil mein Vater seine Vorstellungen von einer richtigen Familie natürlich besonders am Sonntag entfaltet hat, er hat schon beim Frühstück mit der Entfaltung seiner Vorstellungen angefangen und gesagt, heute fahren wir da und da hin, mein Bruder hat manchmal gemault, nicht schon wieder, aber dann ist der Sonntag für ihn schon sehr früh zu Ende gewesen; für meine Mutter ist er manchmal beim Mittagessen zu Ende gewesen, wenn sie den Braten hat trocken werden lassen, sie hat ihn auch einmal anbrennen lassen, aber da hat mein Vater Gnade vor Recht walten lassen, es ist aber öfter vorgekommen, daß der Braten vertrocknet war, und da hört sich die Großzügigkeit aber auf, hat mein Vater gesagt, besonders bei der Weihnachtsgans hat sich die Großzügigkeit entschieden aufgehört, es ist eine ungarische gewesen, die Weihnachtsgans, die meine Mutter preiswert gekauft hatte und die infolge ihres niedrigen Preises gar nicht anders hat werden können als trocken, mein Vater hat meiner Mutter verschiedentlich zu erklären versucht, daß die polnischen Weihnachtsgänse, anders als die ungarischen, nicht trokken würden, meine Mutter hat das nicht einsehen können, weil sie gedacht hat, die Polen sind doch ein armes Volk, wie sollen dann ihre Weihnachtsgänse nicht trocken und zäh sein, meine Mutter hat das mit den Devisen nicht richtig verstanden, sie hat einer polnischen Weihnachtsgans weniger Fett zugetraut als einer ungarischen, weil die Ungarn ihr keinen so hungrigen Eindruck gemacht haben, aber die ungarische Weihnachtsgans, die sie so preiswert gekauft hatte, hat ihr diesen Gefallen nicht getan, eine fette und fleischige Gans zu sein, sie war auf erbärmliche Weise nur trocken und knochig und zäh, und da hat sich die Großzügigkeit aufgehört, und Weihnachten war für meine Mutter mit diesem ungarischen Gerippe zu Ende, wie die Sonntage häufig mit trockenen Sonntagsbraten schon mittags für sie zu Ende waren. Manchmal sind wir aber auch bis in den

Nachmittag durchgekommen, aber meistens nicht sehr viel weiter, weil zu den Vorstellungen, die mein Vater von einer richtigen Familie gehabt hat, gehört hat, daß immer alle etwas gemeinsam machen; wir sind deshalb meistens gemeinsam im Auto gefahren und nachher herumspaziert, weil mein Vater die Woche lang im Büro gesessen hat und am Wochenende Luft schnappen wollte, aber es hat immer sehr lang gedauert, bis wir an einen Ort gekommen sind, der zum Luftschnappen der geeignete war, und wenn wir an einem solchen Luftschnapport angekommen waren, hat es oft keine Parkplätze mehr gegeben, und den ganzen Weg über hat mein Vater den Rigoletto gepfiffen und zwischendurch Zigaretten geraucht, wovon mir übel geworden ist, und ich habe immer gesagt, daß er anhalten soll, manchmal hat er auch angehalten, daß ich aussteigen und mich übergeben konnte, aber er hat ja nicht überall anhalten können, aber übergeben habe ich mich trotzdem müssen, und dann war der Sonntag für mich natürlich zu Ende, aber er war auch zu Ende, wenn ich gesagt habe, es ist der Rauch und das schnelle Fahren, davon wird mir schlecht, ich habe natürlich nicht gesagt, daß mir auch von Rigoletto schlecht wird, aber schon daß ich gesagt habe, der Rauch und das schnelle Fahren, das habe ich auch nur einmal gesagt und nie wieder; aber spätestens bei der Parkplatzsuche war dann der Sonntag ohnedies endgültig zu Ende, weil meine Mutter gesagt hat, bei uns hinterm Haus gibt es auch Luft zu schnappen, reichlich, und wir haben manchmal gesagt, daß bei uns hinterm Haus jetzt die anderen Kinder Raumschiff Orion spielen, wir haben fast niemals

Raumschiff Orion mit den anderen Kindern gespielt, weil wir gemeinsam Luft schnappen mußten an Orten, an denen es keine Parkplätze gab, während hinter unserem Haus nicht nur viel Parkplatz, sondern auch reichlich Luft zu schnappen gewesen ist; mein Vater ist dann erbost gewesen, weil wir keinen Familiensinn fürs Gemeinsame hatten, und meine Mutter hat dann doch einen solchen Sinn schnell bewiesen und gesagt, wie schön die Natur gerade hier ist, so schön ist die Natur aber nicht bei uns hinterm Haus, und außerdem haben wir sie hinterm Haus jeden Tag, und diese haben wir nur, weil unser Vater die gute Idee gehabt hat, ausgerechnet an diesen schönen Naturfleck zu fahren und Luftschnapport; meine Mutter hat sich besonders am Sonntag auf meinen Vater umgestellt, und wir haben meine Mutter dann nicht so gut leiden mögen, aber haben uns doch nicht getraut, wieder vom Raumschiff Orion anzufangen; tatsächlich sind wir durch einen unerwarteten Zufall an einem Sonntagnachmittag einmal hinuntergelangt und haben versucht, mit den anderen Kindern Raumschiff Orion zu spielen, und es hat sich dabei herausgestellt, daß die anderen Kinder nicht mit uns Raumschiff Orion spielen wollten, weil wir nämlich niemals Raumschiff Orion mit ihnen gespielt hatten, und man kann nicht einfach daherkommen, wenn man nie Raumschiff Orion gespielt hat, und plötzlich mitspielen wollen, wenn die anderen mitten im Spiel sind, aber mein Vater hat gesagt, das sind keine richtigen Familien, da herrscht Gleichgültigkeit statt Familiensinn, und dann gehen die Kinder bloß auf die Straße. Ich habe mir sofort gewünscht, daß bei uns etwas mehr Gleichgültigkeit herrschen sollte, wenigstens so viel, daß wir in unsere Zimmer gehen dürften, während mein Vater den Rigoletto gepfiffen hat, das war mehr Gemeinsamkeit, als ich zumutbar fand, und wenn wir am Nachmittag Luft geschnappt haben, sind wir meistens schon ganz vereinzelt durch die Natur gegangen, weil der Sonntag bereits zu Ende war, und ich habe gedacht, da hätten wir geradesogut zu Haus bleiben können, nur mein Vater hat meiner Mutter aus dem Büro erzählt, meine Mutter hat aber meinem Vater nicht aus der Schule erzählt, weil das Büro wichtig und mehr wert war als die Schule, oder sie haben Urlaubspläne gemacht und beschlossen, daß wir im nächsten Jahr ans Meer fahren würden, nach Italien, Jugoslawien, Spanien oder in die Türkei, die Entfernungen sind mit der Zeit immer größer geworden; meine Mutter hat Berge auch sehr geliebt und gesagt, Österreich ist näher und kostet nur halb so viel, sie hat von den Bergseen geschwärmt, die es dort geben soll, und es haben ihr Blumenwiesen vor Augen gestanden, sie hat sich vorgestellt, daß sie nach Herzenslust Arme voll Blumen in eine Holzhütte schleppen könnte, weil meine Mutter die Sehnsucht nach Dörflichem oft befallen hat, und die Feriensiedlungen dort im Süden, wohin wir immer gefahren sind, haben sehr undörflich ausgesehen, es hat auch keine Blumenwiesen gegeben und Essen in riesigen Speisesälen; zwar ist meine Mutter froh gewesen, daß sie im Urlaub nicht kochen mußte, sie hat aber gesagt, lieber koche ich auch im Urlaub, anstatt wieder schlaflos über der Diskothek zu liegen, weil wir in Jugoslawien unsere

Zimmer direkt über der Diskothek gehabt hatten, aber mein Vater hat gesagt, wenn wir nach Österreich fahren, kann uns der ganze Urlaub verregnen, und da hat meine Mutter ihm gleich zugestimmt, daß wir wieder nach Süden fahren, weil mein Vater sehr angewiesen ist, daß im Urlaub die Sonne scheint, einmal hat eine Woche lang in der Türkei die Sonne nicht ununterbrochen geschienen, sondern nur stundenweise, und wir haben von Glück sagen können, daß sie dann in der zweiten Woche ununterbrochen geschienen hat, obwohl meine Mutter Sonne nicht gut verträgt, sie wird schlagartig rot in der Sonne, während mein Vater nach seinem Sonnenbrand ziemlich schwarz wird, meine Mutter mag keinen Sonnenbrand, sie hat immer gesagt, ich kann mir nicht denken, daß das gesund sein soll, so zu leiden, aber mein Vater hat gesagt, da muß man durch, ohne Sonnenbrand keine Bräune, er hat uns allen Zitronensaft auf die wunden Stellen geträufelt, wir haben uns nie entscheiden können, was schlimmer ist, Sonnenbrand mit oder ohne Zitronensaft, meine Mutter hat gesagt, von wegen Martyrium, so ist das Fegefeuer, mein Vater hat aber gesagt, das nützt, und uns ausgelacht, wenn wir uns angestellt haben, stellt euch bloß nicht so zimperlich an, hat er gesagt, und Schmerz ist etwas Relatives, und das hat tatsächlich gestimmt, weil mein Vater fast gar nicht empfindlich war gegen Sonne, es ist eine Frage der Charakterstärke, hat er gesagt, und meine Mutter ist nicht sehr charakterstark, sondern eher charakterschwach dabei weggekommen, weil sie mit ihrer empfindlichen Haut sofort rot wurde und in der Sonne und Urlaub im Schatten gemacht hat, aus purer Zimperlichkeit, während wir mit zusammengebissenen Zähnen versucht haben, unserem Vater zu imponieren und in die Sonne gegangen sind, was aber auch nichts genützt hat, denn nach dem Sonnenbrand hat sich herausgestellt, daß wir längst nicht so braun geworden sind wie der Vater, wenigstens hat er uns aber nicht zimperlich nennen können wie meine Mutter, die im Schatten verkrochen war; es ist im Süden immer so heiß, hat sie gejammert, daß man tagsüber gar keine Lust hat, etwas zu tun, meine Mutter hätte sich mittags gern hingelegt, sie hat gesagt, das machen die Leute hier auch, eine Siesta, und stehen dann auf, wenn es kühler wird, das hat mein Vater Vergeudung gefunden, die haben die Sonne das ganze Jahr, hat er gesagt, dafür fahren wir nicht in den Süden, daß wir die Sonne nicht ausnutzen, mein Vater hat vor dem Urlaub in Katalogen die durchschnittliche Sonnenscheindauer pro Land und Jahr verglichen und dann errechnet, wie die Wahrscheinlichkeit ist, eine ununterbrochene Sonnenscheindauer während der Urlaubstage herauszubekommen, und deswegen wäre er nie in die Berge gefahren, wo es bewölkt sein kann, und es ist wahrlich kein Spaß gewesen, mit meinem Vater verregneten Urlaub zu machen, deswegen haben sie sonntags am Nachmittag, wenn sie Urlaubspläne gemacht haben, immer beschlossen, nach Süden ans Meer zu fahren, und meine Mutter hat heimlich ein paar Zweige und Gräser mitgenommen, manchmal auch Margeriten und Glockenblumen, und mein Vater, wenn er sie dabei erwischt hat, hat nur den Kopf schütteln können über die unausrottbare Ländlichkeit, deine unverbesserliche Romantik, hat er gesagt, aber meistens haben die Zweige und Gräser und Blumensträuße den Heimweg sowieso nicht überlebt, weil wir im Stau gestanden haben, und bis wir zu Hause waren, sind sie vertrocknet gewesen; aber wir sind doch immer gerade zur Sportschau zurecht gekommen, und dann ist es allerdings günstig gewesen, wenn für meinen Bruder und mich an der Stelle der Sonntag schon zu Ende gewesen ist, weil er sonst bei der Sportschau furios zu Ende gegangen ist; mein Bruder und ich nämlich haben uns auf störrische Art und Weise weder die Fußballregeln merken können noch die Namen der Fußballspieler, Uwe Seeler war der einzige, den ich mir merken konnte, mein Bruder hat sich auch nicht viel mehr merken können, noch Beckenbauer, und dann war schon Schluß, und mein Vater ist daran verzweifelt, das grenzt schon an Sabotage, hat er eins ums andere Mal gesagt, und dann hat meistens einer von uns noch hervorgewürgt, Müller, und der andere hat probeweise hervorgewürgt, Mayer, und wenn dann Müller oder Mayer gerade nicht gespielt haben, dann war es endgültig aus; ich habe mir Uwe Seeler nur deswegen merken können, weil er der einzige Spieler mit Glatze war, das konnte man gut unterscheiden, und die anderen hatten Haare und sahen sich auf dem Fernseher alle gleich, aber mein Vater hat sie doch alle genau unterscheiden können und auch noch gewußt, wer auf der Reservebank sitzt, und den genauen Tabellenstand. Einmal habe ich, um ihm einen Gefallen zu tun, gefragt, was ist das eigentlich, eine Ecke, als er Ecke geschrien hat, aber da hat er mich rausgeworfen, und das ist mir auch ganz recht gewesen, weil ich gerade mitten im Pole Poppenspäler gewesen bin, und auf die Art habe ich Zeit gehabt bis zum Abendbrot, und an dem Tag ist dann das Skatspielen ausgefallen, und so hatte ich nochmal Zeit für den Pole Poppenspäler. Wenn mein Vater auf Dienstreise war, habe ich lesen dürfen, soviel ich wollte, ich habe auch länger als eine Stunde Klavier üben dürfen, sogar weniger, ich durfte Klavier üben, wie ich wollte, was es sonst nie gegeben hat, und schon deswegen bin ich traurig gewesen, wenn er dann wieder nach Hause kam, und meine Mutter ist traurig gewesen, weil mein Bruder dann schnell noch den Müll runtertragen hat müssen mit all den Blumen und Zweigen und Gräsern darin, damit mein Vater sie nicht bei ihrer unausrottbaren Ländlichkeit erwischt; mein Bruder hat erst recht Heimlichkeiten gehabt, der gesamte Fahrradkeller war voll davon, aber wenn mein Vater auf Dienstreise war, sind kaum mehr Heimlichkeiten zwischen uns vorgekommen, wir haben natürlich nicht alles gemeinsam gemacht wie in einer richtigen Familie, nur das Einkaufen, Abwaschen, Aufräumen und dergleichen haben wir ziemlich gemeinsam gemacht, was sonst nur meine Mutter alleine gemacht hat, wenn mein Vater daheim war, weil er niedere Arbeit verachtet hat, und mein Bruder und ich haben uns große Mühe gegeben, daß mein Vater uns nicht verachtet hat, aber wenn er weggewesen ist, haben wir oft die niedere Arbeit gemeinsam gemacht, weil es schneller ging und wir uns dabei erzählen konnten; wir haben uns stundenlang Geschichten erzählt, was erfunden war oder auch nicht oder gemischt dazwischenlag, was bei uns sonst nicht üblich gewesen ist, weil es wichtige Dinge und unwichtige Dinge gegeben hat, und mein Vater hat alle wichtigen Dinge erzählt, meine Mutter hat die anderen wichtigen Dinge gepetzt, und die unwichtigen Dinge waren zu unwichtig, um erzählt zu werden, deswegen haben wir kaum oder gar nicht erzählt, wenn mein Vater nicht auf einer Dienstreise war; auch jetzt haben wir hin und her erzählt, als wir zu dritt um den Tisch herumgehockt haben und er nicht kam; wir haben uns auch gefragt, warum lassen wir uns das bieten. So wie es mein Vater häufig gefragt hat; in seiner verdorbenen Stimmung hat er vorwiegend auch gesagt, das lasse ich mir nicht bieten; das ist doch Tyrannei, lieber keine richtige Familie als so eine, das haben wir jetzt alle drei gesagt, einer genau nach dem andern, damit keiner petzen könnte, nur die Mutter hat manchmal gesagt, ihr müßt auch das Gute sehen, er hat doch so viele gute Seiten, und dann hat sie gesagt, man muß doch auch Verständnis haben; uns ist aber an dem Abend das Verständnis ausgegangen und weggeblieben und nicht mehr wiedergekommen, wir haben gesagt, immer wir, und wer hat Verständnis für uns, richtig kindisch und böse haben wir das gefragt, und wir sind auch auf unsere Mutter böse gewesen, weil unsere Mutter immer gesagt hat, habt doch ein bißchen Verständnis für ihn; wir haben getan, was wir konnten, aber an dem Abend, wie gesagt, ist das Verständnis ausgegangen, mein Bruder hat gesagt, ich kann auch ein paar Pfund Verständnis gebrauchen; aber bei uns ist es nicht üblich gewesen, daß einem das Verständnis nur so in den Schoß fällt, man hat es sich erst verdienen müssen, wir wären schlecht angekommen bei unserem Vater, wenn wir hergegangen und billigstes Gratisverständnis gewollt hätten, mein Vater hat sich durchboxen müssen und ist nicht so billig durchgerutscht, die Drückebergerei, die er an uns festgestellt hat, das hat es bei meinem Vater in keinem Moment gegeben, hat er gesagt, dabei hat sich erst beim Durchboxenmüssen gezeigt, wer Charakter hat, das könnte euch passen, ewig Verständnis, statt etwas zu leisten, womit man sich sehen lassen kann, aber genau dazu sind wir anscheinend nicht fähig gewesen, schon als Kinder haben wir diesen Kopfsprung nicht machen wollen, mein Vater hat gesagt, das wäre immerhin eine Leistung, aber obwohl wir gern ins Schwimmbad gegangen sind, haben wir doch den Kopfsprung nicht machen wollen, wir sind gern geschwommen und auch getaucht; überhaupt sind wir gern im Schwimmbad gewesen, weil die Kollegen von meinem Vater und manchmal sein Chef mit ihren Familien auch ins Schwimmbad gegangen sind, und da hat mein Vater höchstens sagen können, wir sprechen uns später, was er an dem Tag auch gesagt hat, als mein Bruder und ich diesen Kopfsprung machen sollten, mein Bruder ist etwas mutiger gewesen als ich, im Springen bin ich ein schrecklicher Angsthase gewesen, schon die Vorstellung, vom Startblock einen Kopfsprung ins Wasser zu machen, hat mich in Angst und Schrecken versetzt, obwohl ich sonst nicht so sehr feige war; ich bin auf die höchsten Bäume geklettert und immer als Kletteraffe bezeichnet worden in unserer Familie, weil ich mutig war, wenn es hieß, auf Bäume zu klettern, ich bin bestimmt nicht sehr feige gewesen, aber mein Vater hat oft die Geschichte erzählt von dem Vater, der seinem Sohn sagt, wie der auf der Mauer steht, spring. Spring doch, ich fang dich auf, und der Sohn hat Angst gehabt und gesagt, ich spring nicht, der Vater hat aber gesagt, brauchst keine Angst zu haben, ich fang dich doch auf, und endlich ist der Sohn auch gesprungen, der Vater hat einen Schritt zur Seite gemacht, der Sohn ist ins Leere gesprungen und auf die Steine geschlagen und hat sich gemein wehgetan und geweint, warum hast du mich nicht aufgefangen, da hat der Vater gelacht und gesagt, man soll niemand trauen, merk dir das, auch nicht dem eigenen Vater. Ich habe über diesen Witz nicht lachen können, wie es mein Vater gewollt hat, ich habe es einen gemeinen Witz gefunden, das Lachen ist mir im Halse steckengeblieben, und leider habe ich ausgerechnet immer an diesen Witz denken müssen, wenn ich versuchen wollte, ins Wasser zu springen, und ich habe mich nie überwinden können, ins Wasser zu springen, vor allem nicht Kopf voran, auch wenn mein Vater im Wasser war und gesagt hat, ich bin doch da, das hat ja auch gar nichts genützt, daß er da war, er hat mich im Wasser nicht auffangen können, und ich war sicher, daß ich ertrinke; ich habe in meinem ganzen Leben nur einen einzigen Kopfsprung ins Wasser gemacht und nie wieder, aber mein Vater hat diese Schmach nicht ertragen, daß seine Kinder Feiglinge sind, die vor der Mutprobe jämmerlich versagen, und so hat er gesagt, wer vom Dreimeterbrett Kopfsprung macht, kriegt fünf Mark. Mein Bruder ist gleich aufs

Dreimeterbrett hochgestiegen, aber oben hat ihn der Mut verlassen, und er ist wieder runtergestiegen, unten hat er geheult, weil mein Vater vor lauter Enttäuschung ganz weiß im Gesicht war, und das ist ein schlechtes Zeichen gewesen, und er hat gesagt, daß er sogar vom Fünfmeterbrett einen Kopfsprung gemacht hat, mein Bruder ist dann auch wieder hoch und hat endlich den Kopfsprung gemacht und wirklich fünf Mark bekommen, und mein Vater hat ihn gefragt, na, was ist, war es wirklich so schlimm, mein Bruder ist so stolz gewesen, daß er gesagt hat, was, überhaupt nicht, und ich habe mich geschämt, daß ich so feige war, und bin auch hochgestiegen und mit Kopfsprung hinuntergesprungen. Es ist entsetzlich gewesen. Es hat am Kopf und am Rücken einfach nur wehgetan, der Ohrendruck hat auch gemein wehgetan, weil ich solche unpraktischen Ohren habe, die schon bei zwei Meter Tauchen wehtun, und als ich den Kopfsprung gemacht hatte, bin ich bestimmt drei, vier Meter tief untergetaucht, ich habe gedacht, daß ich nicht mehr nach oben komme, weil ich vor Ohrenschmerzen völlig benommen war, schon als Kind habe ich häufig Ohrenentzündung gehabt, ich habe gedacht, meine Ohren platzen, und nicht mehr gewußt, wo unten und oben ist, ich habe vor Ohrenschmerz unter Wasser völlig die Orientierung verloren, und dann ist mir die Luft ausgegangen, ich dachte, ich sterbe, weil ich nie wieder hochkomme, aber ich bin nach einer Ewigkeit doch wieder hochgekommen, am Rand ist mir schlecht geworden vor Schmerz, und weil der Kopfsprung so furchtbar war, und mein Vater hat mich auch gefragt, na, war das

wirklich so schlimm? Und wie schlimm, habe ich gesagt, so etwas Schlimmes, und mein Vater hat darauf gesagt, gleich nochmal, am besten du springst gleich nochmal. Ich bin aber nicht gesprungen, obwohl er gesagt hat, daß ich dann keinen Charakter habe. Ich habe dann keine fünf Mark mehr gewollt, wenn ich dafür noch einmal springen sollte, mein Vater hat mir die fünf Mark nicht für das Springen bezahlen wollen, sondern, so habe ich damals gedacht, er hat sie mir dafür bezahlen wollen, daß es mir Spaß macht oder daß ich sage, es macht mir Spaß, ich habe gesagt, lieber habe ich keinen Charakter, als nochmal zu springen und dann zu sagen, es macht mir Spaß, wo es furchtbar ist.
Wir haben uns das Verständnis von unserem Vater verscherzt, haben wir an dem Abend gesagt, als wir auch gesagt haben, daß wiederum uns das Verständnis für unseren Vater ausgegangen ist, wir haben sogar gesagt, daß unser Verständnis uns allein deswegen ausgegangen ist, weil bei unserem Vater das Verständnis schon längst ebenfalls ausgegangen war, es ist unser dauerndes, ihm das Leben verderbendes Dasein gewesen, das meinem Vater am Ende jegliches Verständnis ausgetrieben hat, wie er auch manchmal gesagt hat, ich wünschte, ihr wäret nicht auf der Welt, hat er einmal gesagt und erklärt, daß er zutiefst bereute, zuerst versehentlich mich und hernach planmäßig meinen Bruder gezeugt zu haben, was er für einen Irrtum gehalten hat, einen verhängnisvollen, wenn er sich angeschaut hat, was dabei herausgekommen ist, sein Sohn ein vollständiger und kompletter Versager, was er darauf zurückgeführt hat,

daß meine Mutter und unser Schulsystem meinen Bruder fortwährend aufs verantwortungsloseste verhätschelt haben, während er meine Verstocktheit, das Uncharmante an mir, wie er gesagt hat, von Anfang an gleich nicht gerne gehabt hat, meine Mutter hat an dem Abend gesagt, daß mein Vater von Anfang an gleich nicht das geringste Verständnis für meine unhübsche Art gehabt hat; als er mich zum erstenmal gesehen hat, soll er entsetzt ausgerufen haben, das ist ja ein Affe, und sich die Haare gerauft haben, weil dieses häßliche Wesen keinesfalls seine Tochter hat sein können, geschweige denn sein Sohn, wie es sich doch gehört hätte, ich bin bei meiner Geburt schon sehr häßlich gewesen, meine Mutter hat gesagt, das hätte sie nicht gestört; ich habe es gar nicht bemerkt, hat sie gesagt, erst als die Hebamme tröstend zu ihr gesagt hätte, na lassen Sie mal, das kann ja noch werden, ist es ihr aufgefallen, aber dennoch hat sie mich ausnehmend hübsch gefunden und gleich in ihr Herz geschlossen, obwohl sie dann auch gesehen hat, was die Hebamme gemeint hat, als sie gesagt hat, na lassen Sie mal, das kann ja noch werden, daß ich von Kopf bis Fuß voller Haare gewesen bin, ich habe überall schwarze Haare gehabt, auch das Gesicht soll affenartig behaart gewesen sein und der ganze Leib bis hinab zu den Zehen, ich bin von so abstoßender Häßlichkeit bei meiner Geburt gewesen, daß meinen Vater mein Anblick gleich abgestoßen hat, meine Mutter hat mich gleich ausnehmend lieb gehabt, hat sie immer erzählt, und es ist ihr auch später erst aufgefallen, daß ich ausgesehen habe wie ein schwarzer Affe, die Haare sind nach ein paar Tagen ausgegangen, und danach habe ich ausgesehen wie alle anderen Säuglinge auch, da ist es aber zu spät gewesen, weil mein Vater bereits einen sehr ungünstigen Eindruck von mir gehabt hat, dieser Eindruck ist nicht mehr zu retten gewesen, mein Vater ist nämlich ein gutaussehender Mann gewesen, sogar ein bestaussehender, und es hat ihn beleidigt, daß ausgerechnet ihm das passieren mußte, einen kleinen schwärzlichen Affen zu zeugen; mein Vater hat einen kräftigen Haarwuchs und muß sich zweimal am Tag rasieren, wenn er die Schatten am Kinn loswerden will, und besonders stolz ist er auf seine Haare gewesen, weil andere Männer Glatzen bekommen, mein Vater hat aber so dichtes schwarzes Haar gehabt, daß er sich darum nicht sorgen mußte, er hat Männer mit Glatze nur albern gefunden, mit Ausnahme von Uwe Seeler, den er möglicherweise nicht ganz so albern gefunden hat, aber wenn jemand am Anfang nach meiner Geburt ihm gesagt hat, ganz der Papa, hat er wild werden können, es heißt sogar, er habe sich sofort betrunken, nachdem er die Klinik verlassen hatte, weil er die Häßlichkeit seiner Tochter nicht nüchtern habe ertragen können, während meiner Mutter diese Häßlichkeit gar nicht aufgefallen sei, sie hat gesagt, gleich von Anfang an hat er dafür nicht das geringste Verständnis gehabt; man muß sich ja schämen für so einen Affenbalg, soll mein Vater gesagt haben und untröstlich gewesen sein, daß einem so schönen Menschen ein derartig häßliches Kind widerfahren muß, und tatsächlich ist das Uncharmante an mir, wie er häufig gesagt hat, von Tag zu Tag immer deutlicher hervorgetreten.

Während andere Kinder niedlich und sauber gewesen sind, bin ich immer dreckig gewesen, man hat mich viele Male in saubere Kleidung zu stecken versucht, aber kaum habe ich in einem sauberen Jäckchen gesteckt, und man hat mich in diesem Jäckchen auszufahren versucht, habe ich es sofort dreckig gemacht, ich habe unentwegt alles Frische und Appetitliche bespuckt, und wenn andere Kinder in ihren Sportwägen rosig und appetitlich durchs Dorf und im Schloßpark herum spazierengefahren wurden und allen die reinste Freude waren, so hat meine Mutter, kaum ist sie mit mir auf der Straße gewesen, schon wieder umkehren müssen, weil ich mich vollgespuckt hatte; es hat geheißen, was man in dieses Kind hineintut, das spuckt es alsbald wieder aus, aber ich habe es auf eine uncharmante Weise genau immer dann ausgespuckt, wenn meine Mutter mich in den Sportwagen gesetzt und in den Schloßpark hat fahren wollen, keine Sekunde früher, infolgedessen haben alle Leute sehen können, wie ich mich vollgespuckt habe, das Vollspucken hat sich im Lichte der Öffentlichkeit vollzogen, statt daß ich wie andere Kinder mein Bäuerchen oben gemacht hätte hinter verschlossener Tür und gleich nach der Fütterung, nie habe ich mein Bäuerchen ordentlich nach dem Essen gemacht, und ich habe auch nicht nur ein Bäuerchen gemacht, sondern viele Bäuerchen, aber immer nur dann, wenn ich in sauberen Jäckchen gesteckt habe, es ist nie vorgekommen, daß ich ein einmal bespucktes Jäckchen noch ein zweites Mal vollgespuckt habe, hat meine Mutter gesagt, und außerdem habe ich von früh bis spät gebrüllt, und meine Mutter hat mich von früh bis spät füttern können, meine Gefräßigkeit muß ganz enorm gewesen sein, kaum habe ich eine Flasche mit Brei getrunken, habe ich schon wieder gebrüllt und mehr Brei haben wollen, obwohl die erste Flasche noch nicht wieder ausgespuckt war. Ich bin nur still gewesen, hat meine Mutter gesagt, wenn ich gerade die Flasche mit Brei im Mund gehabt habe, und ich bin auf diese Art ein sehr dickes Kind gewesen, es gibt davon Fotos, wie dick ich gewesen bin, so dick, daß ich mich gar nicht rühren konnte, aber ich habe trotzdem in einem fort nur gebrüllt, sobald meine Flasche leer war; mein Vater hat Gottseidank damals studiert und ein Zimmer gemietet gehabt in Berlin und ist nur am Wochenende nach Hause gekommen, aber diese Wochenenden hat er schlecht aushalten können, weil ich nicht nur von früh bis spät, sondern tatsächlich auch noch von spät bis früh gebrüllt habe, alle Nächte hindurch; meine Eltern haben mein Kinderbett in das entfernteste Zimmer gestellt und die Türen geschlossen, aber trotzdem hat keiner ein Auge zumachen können, mein Gebrüll muß so infernalisch gewesen sein, hat meine Mutter erzählt, daß mein Vater gesagt hat, das ist ja kein Affe, das ist ja der Teufel leibhaftig, und meine Mutter ist am Wochenende nur damit beschäftigt gewesen, meinen aufgebrachten Vater zu trösten und zu beschwichtigen, der aber besonders nachts nicht zu trösten und zu beschwichtigen gewesen ist, weil er bei dem Gebrüll nicht hat schlafen können; er ist so aufgebracht über sein teuflisches Kind, diesen Satansbraten, gewesen, daß er mich einmal genommen und gegen die Wand geworfen hat;

mein Vater hat dazu später gesagt, und dann war es erstmal still; und ich habe gefragt, und dann, aber meine Eltern haben sich nicht mehr erinnern können, was dann gewesen ist, ich habe sogar gehinkt wie der Teufel leibhaftig und immer ein Bein nachgezogen, sobald ich laufen konnte, weil mein Hüftknochen falsch zusammengewachsen war, was natürlich kein Mensch hat ahnen und feststellen können bei einem Kleinkind, das noch nicht laufen kann. Meine Mutter ist froh gewesen, daß mein Vater nicht immer zuhause war, weil mein Gebrüll unzumutbar war, auch meine Großmutter hat gefunden, daß dieses Kind nicht gefällig und niedlich ist wie die anderen Kinder, die hübsch und sauber gewesen sind und von denen keines gebrüllt, und schon gar nicht die Nacht durch gebrüllt hat, insbesondere nicht die Mädchen, bei denen es sowieso ungehörig ist, wenn sie spucken und brüllen, was allenfalls noch zu Jungen paßt, während mein Bruder dann später ein solches niedliches Baby gewesen ist und nie gespuckt und gebrüllt hat, mein Bruder ist auch nicht so gefräßig gewesen, sondern sanft, was aber mein Vater jämmerlich fand, seine dauernde Niedlichkeit hat meinen Vater gegen ihn aufgebracht, während er sie bei mir sehr vermißt hat, weshalb es in unserer Familie immer geheißen hat, ich bekomme, so uncharmant, wie ich bin, keinen Mann, während es geheißen hat, so mädchenhaft, wie mein Bruder ist, der auch als Kind manchmal Kleidchen hat tragen wollen, das ist alles andere als normal, mein Bruder ist meinem Vater verdächtig gewesen von Anfang an, hat meine Mutter gesagt, weil er blond war und rosig und immer gelächelt hat, er soll ein unverwüstlich lächelndes Kind gewesen sein, dieses Lächeln von meinem Bruder ist meinem Vater von Anfang an sonderlich vorgekommen, und mein Vater hat immer gesagt, das soll mein Sohn sein, dabei habe ich sein Sohn sein sollen, und mein Vater hat kein Verständnis dafür gehabt, daß ich nicht sein Sohn gewesen bin, für seine Tochter hingegen bin ich zu häßlich und ungefällig gewesen, ich bin der Affe von meinem Vater gewesen, während mein Bruder das Goldkind von meiner Mutter gewesen ist, die an meinem Bruder und seinem Lächeln gar nichts Sonderliches hat sehen können, wie sie an mir und meiner anfänglichen Behaartheit nichts Affenartiges gesehen, sondern erst später gemerkt hat, daß das ein kleiner Teufel ist, ihre Tochter, sie hat sich um beide Kinder erhebliche Sorgen gemacht, aber doch Verständnis gehabt, meine Mutter hat immer für alles Verständnis gehabt, und sie hat auch an dem Abend noch versucht, obwohl sie selber zum erstenmal aufsässig war in ihrem Leben, uns zu überreden, daß wir Verständnis für unseren Vater haben sollten, was wir aber zu diesem Zeitpunkt schlechterdings abgelehnt haben, weil uns das Verständnis ausgegangen war, nachdem es bei meinem Vater, so wie es meine Mutter gesagt hat, gar nicht erst erweckt, sondern von Anfang an gleich verscherzt gewesen war.

Auch daß meine Mutter gesagt hat, er hat es auch schwer gehabt, euer Vater, hat uns nicht umstimmen können, wir haben zu unserer Mutter gesagt, jetzt kipp uns nicht um, eben bist du noch mutig gewesen, wir haben natürlich gewußt, daß mein Vater aus armen Verhältnissen kam und sich nach oben empor hat kämpfen müssen, was er allein kraft seiner großen Begabung und Intelligenz geschafft hat, das macht ihm so leicht keiner nach, hat meine Mutter gesagt, die es leichter gehabt hat, weil sie nicht von ganz unten gekommen ist und also nicht nach oben gemußt hat, sie hat nach dem Tod ihres Vaters immerhin ein Haus gehabt, sehr verschuldet zwar, und sie hat die Hypotheken bezahlen müssen und ihren Brüdern das Studium, es sind beide Brüder von meiner Mutter Musiker geworden, wie sie es sich gewünscht hatten und meine Mutter es sich auch gewünscht hatte, aber meine Mutter ist ja dann doch schnell Lehrerin geworden, während mein Vater Naturwissenschaftler hat werden wollen und Mathematik studieren, wo er von ganz unten gekommen ist und unehelich gewesen ist in dem Dorf, und seine Mutter hat Körbe geflochten und Sachen für andere Leute gestrickt, meine Großmutter ist eine sehr arme Frau gewesen, und mein Vater hat sich immer für seine Mutter schämen müssen, weil sie ihm nur so wenig hat geben können, er hat auch nirgendswo mit ihr hingekonnt, man kann sich mit dir nirgends sehen lassen, hat mein Vater noch später gesagt, als er schon beinah befördert war, er hat es nicht leicht gehabt mit seiner Mutter, weil es immer so duster und schmuddelig war, wo sie wohnte, sie hat nur ein einziges Zimmer gehabt und die Küche, es hat wie bei armen Leuten darin gerochen, weil es bei armen Leuten war, und mein Vater hat immer mit seiner Mutter geschimpft deswegen, er ist später, wenn er im Dorf war, lieber im Dorfgasthaus abgestiegen, obwohl es kein fließendes Wasser dort gab, als bei seiner Mutter zu wohnen, wir haben es immer so gemacht, wenn wir später ins Dorf gefahren sind, daß meine Mutter und ich bei der Mutter von meiner Mutter gewohnt haben, und mein Vater und mein Bruder sind im Dorfhotel abgestiegen statt bei der Mutter von meinem Vater, die bei uns immer die andere Großmutter hieß, weil sie arm war, während die eigentliche Großmutter nicht arm war, sondern das Haus hatte, und jeder im Dorf hat sie gekannt und gegrüßt, während kaum jemand die andere Großmutter gekannt und gegrüßt hat, die auch eine Fremde geblieben ist, eine Ausländerin, seit sie nach Deutschland gekommen war. Meine andere Großmutter hat auch andere Großmutter geheißen, weil sie auf Familienfotos immer abseits und am Rand gestanden hat, und zwischen ihr und dem Rest der Familie ist immer noch etwas Platz. Meine Mutter hat uns daran erinnert, daß es für meinen Vater nicht leicht gewesen ist, seine Mutter und seine Herkunft sind für ihn die schwerste Hypothek gewesen, gegen diese Hypothek war die Hypothek, die beim Tod meines Großvaters auf Großmutters Haus gelegen hat, eine Kleinigkeit, mein Vater hat getan, was er konnte, um seine Herkunft nicht merken zu lassen, aber es ist nicht leicht gewesen, denn meine andere Großmutter ist auf ihren glänzenden Sohn sehr stolz gewesen und hat sich an ihn zu klammern versucht, wo sie konnte. Wenn ich sie besucht habe, hat sie geweint und gesagt, wie stolz sie ist, daß mein Vater von unten nach oben gekommen ist. Ich habe an meiner anderen Großmutter sehr gehangen, und mein

Vater hat an seiner Mutter auch sehr gehangen, es hat ihm das Herz zerrissen, wie sie ärmlich in diesem Dorf gelebt und keiner sie gekannt und gegrüßt hat, nur die einfachen Leute; die andere Großmutter ist eine einfache Frau, hat meine Mutter uns manchmal gesagt, und weil sie eine einfache Frau war, hat sie immer Briefe bekommen wollen; meine Mutter hat an ihre Mutter einmal die Woche geschrieben, immer sonntags abends hat sie an ihre Mutter geschrieben, während mein Vater an seine Mutter nicht schreiben konnte, weil er sich nicht auch noch darum hat kümmern können, er hat nicht die Zeit und die Kraft gehabt, sich um alles zu kümmern, und er hat es nicht leiden können, wenn man sich an ihn klammert. Es ist schwer genug, aus kleinen Verhältnissen heraus und hoch zu kommen, man muß sich aus diesen Verhältnissen lostreten mit Gewalt, man kann seine Herkunft nicht an sich klammern und kleben lassen, es hat meinen Vater geschüttelt, wenn er daran gedacht hat, er hat auch bei seiner Mutter nicht essen können, weil es nicht sauber und appetitlich war, so ungepflegt, hat mein Vater gesagt, aber einmal hat er nicht anders können, weil seine Mutter zu meiner Mutter gesagt hat, nie eßt ihr bei mir, immer nur eßt ihr dort, womit sie die andere Großmutter gemeint hat, bei der wir immer gegessen haben, wenn wir im Dorf gewesen sind, weil mein Vater es dort appetitlich fand und gepflegt, aber es hat seine Mutter gekränkt, daß wir niemals bei ihr gegessen haben, sie hat zu meiner Mutter gesagt, er tut gerade, als schämte er sich, meine Mutter hat das verstanden, wie sie immer alles verstanden hat, und mein Vater hat schließlich eingewilligt, bei seiner Mutter zu essen, wenn sie sich eine Köchin nähme. Keinesfalls würde er bei ihr essen, wenn seine Mutter selber kochte, hat er gesagt, und sie hat auch tatsächlich nicht nur das Essen, sondern die Köchin bezahlt, damit wir einmal bei ihr gegessen hätten, was ihr eine große Freude gewesen ist, sie ist vor lauter übergroßer Freude so aufgeregt und nervös gewesen, daß sie wieder die Hände nicht still halten konnte, und mein Vater hat es nicht aushalten können, wenn seine Mutter die Hände nicht stillhielt. Halt die Hand still, hat er gesagt, aber sie war zu aufgeregt über unsern Besuch, und kaum hat sie fünf Minuten die Hände still gehalten, hat sie sie auch schon wieder nicht stillhalten können, weil sie ihr Leben lang mit ihren Händen immer sehr schnell hat arbeiten müssen, die schnellen Arbeitsbewegungen, die sie mit ihren Händen hat machen müssen, hatten sich in ihren Händen selbständig gemacht, kaum hielten sie fünf Minuten still, fingen die Hände von selbst wieder an, diese Arbeitsbewegungen zu machen, und meinem Vater ist irgendwann die Geduld gerissen; und so ist die Köchin, die meine andere Großmutter engagiert hatte, wieder nur eine notwendige Bedingung gewesen, nicht aber eine hinreichende, um die Stimmung nicht zu verderben; bei dir kann man wirklich nicht essen, hat mein Vater gesagt und ist unwirsch gewesen, weil er sich wieder hat schämen müssen für seine Mutter, die das Niedere an sich gehabt und nicht hat ablegen können, sooft er es ihr auch erklärt hat, daß sie die Hände still halten soll, statt so damit zu zucken, und er ist dann nicht mehr hin, während ich gern zu meiner Großmutter gegangen bin, weil sie, außer daß sie von früher die Hände nicht stillhielt, etwas gekonnt hat, was es in unserer Familie nicht gab und nicht geben durfte, die andere Großmutter, hat es abfällig bei uns geheißen, bringt es fertig, vierundzwanzig Stunden am Tag aus dem Fenster zu gucken, ich habe das Abfällige daran nicht gut begriffen, ich habe vielmehr von meiner Großmutter lernen wollen, vierundzwanzig Stunden am Tag aus dem Fenster zu gucken, und ich bin gern zu ihr gegangen, und wenn ich bei meiner Großmutter war, haben wir nichts gemacht. Nichts machen hat es bei uns nicht gegeben, es ist unbedingt notwendig gewesen bei uns, daß jeder immer etwas gemacht hat, und wenn ich später im Kaffeehaus war, habe ich nur mit dem Nichtsmachen, das ich von meiner anderen Großmutter hatte, heimlich weitergemacht, und ich habe immer gefunden, daß meine Großmutter nicht eine einfache Frau, sondern vielmehr eine außergewöhnliche Frau gewesen ist, weil sie es fertiggebracht hat, nichts zu machen, während alle anderen immerzu irgend etwas gemacht haben, ich habe mehrfach zu meinem Vater gesagt, deine Mutter ist eine außergewöhnliche Frau, das hat ihm geschmeichelt, und er hat dann gesagt, schau doch mich an, von nichts kommt nichts, er hat aber nicht gewußt, was ich meine. Das Niedere jedenfalls, das sie an sich gehabt hat, und daß sie die Hände nicht stillhalten konnte von früher her, wo sie machen mußte, daß ihr Sohn es bis oben hin schafft, das hat er ihr übelgenommen. Er hing aber sehr an ihr, und nach ihrem Tod ist er völlig verzweifelt gewesen, daß meine Mutter dachte, vor Schmerz ist er ganz im Wahn, er hat geklagt um die Mutter und sich die Haare gerauft, tagelang ist er nicht aus dem Schlafzimmer hervorgekommen, in das er sich eingesperrt und verkrochen hatte, und als er herauskam, hat er geschworen, daß seine Mutter das schönste Grab im ganzen Dorf haben sollte, er hat sofort alles in die Wege geleitet für dieses schöne Grab, was nicht leicht gewesen ist, weil wir im Westen waren, und das Dorf ist im Osten, er hat es aber geschafft, daß meine Großmutter das prächtigste Grab im ganzen Dorf bekommen hat, er hat das ganze Dorf zur Beerdigung eingeladen, alles, was einen Namen hatte, und den Ratskeller reserviert für ein Essen, das keiner so schnell vergessen sollte, er hat sich genau gemerkt, wer zum Begräbnis kam und wer nicht, und es sind Gottseidank fast alle gekommen, über hundert Menschen sind beim Begräbnis seiner Mutter gewesen, so viele haben sie früher gar nicht gekannt und gegrüßt, wie dann zum Begräbnis waren, und das Grab liegt schön, nicht zu sehr am Rand, unter Bäumen und nicht im Armeleuteteil auf dem Friedhof, es ist das einzige Grab, dessen Inschrift aus Blattgold ist, mein Vater hat meine Mutter extra Blattgold im Westen besorgen und hinschicken lassen, weil es drüben kein Blattgold gab, er hat nicht Ruhe gefunden, bis das Grab seiner Mutter das einzige Grab mit Blattgold geworden ist, und erst dann hat er Frieden gehabt, nur mit mir hat er seitdem Unfrieden gehabt, weil ich die einzige war, die nicht zum Begräbnis kam, er hat es mir nicht verziehen, daß ich nicht mitgefahren bin, gerade du, hat er mir vorgeworfen, ausgerechnet, und er hat mir vorgeworfen, daß ich verstockt und gefühlskalt bin, dafür hat er kein Verständnis gehabt, ich habe in unserer Familie immer als verstockt und gefühlskalt gegolten, und diese Verstocktheit und Gefühlskälte, die sich bei mir aus dem Uncharmanten entwickelt haben, haben sich wieder einmal erwiesen, als ich mich durchaus geweigert habe, zum Begräbnis der Großmutter mitzufahren, wo ich sonst gern dorthin gefahren bin und mich wohlgefühlt habe, mein Vater hat mir diesen Akt meiner Bosheit und, wie er gesagt hat, der Pietätlosigkeit, nicht verziehen. Er hat aber nichts unternehmen können dagegen, weil ich schon volljährig war, meine Großmutter ist genau gestorben, als ich volljährig geworden bin, nur wenige Tage danach, mit meiner Volljährigkeit sind meine Verstocktheit und Gefühlskälte erst richtig zutage getreten, hat mein Vater gesagt, aber er hat nicht wie vor dieser Volljährigkeit etwas dagegen unternehmen können, mich windelweich schlagen, ich schlage dich windelweich, hätte er vorher gesagt, nun kannst du mich aber erleben, und ich hätte ihn wirklich erleben können, wie er mich windelweich geschlagen hätte. Meine Mutter hätte im Flur vor der Wohnzimmertür gestanden mit meinem Bruder, während mein Vater drinnen die Tür zugeschlossen und sich Kognac herausgeholt hätte, aus der Bar im Wohnzimmerschrank, der Schlüssel zur Wohnzimmertür wäre in seiner Hosentasche gewesen, wie er es immer gewesen ist, und mein Vater hätte die Gründe für meine Verstocktheit zu finden gesucht, kannst du mir das erklären, hätte er mich gefragt, ich hätte es ihm nicht erklären können, weil ich überhaupt nichts habe erklären können, wenn mein Vater mich angeherrscht hat, und also hätte ich ihn erleben können, je mehr er in mich gedrungen hätte, um so verstockter hätte ich kein Wort gesagt, alle Wörter hätten mich auf einen Schlag verlassen gehabt, wie es immer gewesen ist. Immer habe ich nichts mehr zu sagen gewußt, wenn mein Vater gesagt hat, antworte gefälligst, einmal ist mir, als ich ein Kind war, eine Antwort gekommen, es ist aber die falsche gewesen, und falsche Antworten haben meinen Vater erbost, dann hat man ihn aber erleben können, und seither sind mir überhaupt keine Antworten mehr gekommen, wenn mein Vater gesagt hat, antworte gefälligst, was hast du mir zu sagen, ich habe dich was gefragt, vor lauter Enttäuschung hat er noch einen Kognac getrunken, während ich überlegt habe, was man sich bricht, wenn man vom ersten Stock runterspringt, aber die Fenster und die Balkontür waren natürlich wegen der Nachbarn geschlossen, und ich habe nicht weggekonnt. Mein Vater hätte ganz wild ausgesehen, weil ich gar nichts geantwortet hätte, er hätte immer mehr gefragt und in mich gedrungen, schließlich hätte er sich aber nicht mehr zu helfen gewußt und meine Verstocktheit bestrafen müssen, weil keine Einsicht und keine Antwort gekommen wären, mein Vater hätte gesagt, das lasse ich mir nicht bieten, das machst du nicht mit mir, und er hätte noch einen Kognac getrunken und schließlich gesagt, nimm die Hand vom Gesicht, ich hätte schon nach dem zweiten Kognac die Hände vor mein Gesicht gelegt, mein Gesicht in den Händen versteckt, ich habe es nicht gewollt, daß mein Vater mich ins Gesicht schlägt, und ich hätte gesagt, bitte nicht ins Gesicht, mein Vater hätte gesagt, nimmst du gefälligst die Hand vom Gesicht, es hätte ihn sehr in Wut gebracht, daß ich die Hand vorm Gesicht nicht heruntergenommen hätte, das bringt mich in Rage, hat er eins ums andere Mal gesagt, ich lasse mir das nicht bieten, aber ich habe die Hand nicht heruntergenommen, er hat sie selbst herunternehmen müssen, beide, er hat meine beiden Hände stets mit der linken Hand festhalten müssen, damit er mit rechts ins Gesicht schlagen konnte, was ihn wirklich in Rage gebracht hat, meine Verstocktheit, er hat mit Gewalt versucht, mir die Verstocktheit auszutreiben, wie er mit Gewalt versucht hat, meinem Bruder die Weichlichkeit auszutreiben, ich dagegen hätte in meiner Verstocktheit nichts weiter versucht, als nicht mit dem Kopf an den Wohnzimmerschrank zu fliegen, es wäre die Katastrophe gewesen, mit dem Kopf durch die Butzenscheiben hindurch zu fliegen, ich hätte mich unter den Schlägen geduckt und wäre zu Boden gegangen, ohne ein Wort gesagt zu haben, und ich hätte gewimmert, daß es aufhören soll, nicht, nicht, hätte ich gesagt, wenn mein Vater mir mit dem Holzpantoffel dann auf den Kopf am Boden getreten hätte, aber meine Verstocktheit wäre eine vollständige gewesen, erst später in meinem Zimmer, in das er mich eingesperrt hätte, wären die Wörter wiedergekommen, und es wären böse und rachsüchtige Wörter ohne Einsicht gewesen, die mir gekommen wären, mein Bruder, wenn er hinterher in sein Zimmer gesperrt war, hat immer laut gesungen, immer hat er gesungen, immer dasselbe Lied, nämlich Hänschenklein, was meinen Vater erbittert hat, und oft hat er ihn dann nochmal reingeholt, aber mein Vater hat meinem Bruder das Hänschenklein nicht austreiben können, die Weichheit hat er ihm austreiben können, aber nicht das Hänschenklein, er hat meiner Mutter die schwersten Vorwürfe deshalb gemacht, meine Mutter hat gesagt, ich tue doch, was ich kann, sei nicht so hart mit ihnen, aber mein Vater hat gesagt, das lasse ich mir nicht bieten, das machen sie nicht mit mir, die sollen mich kennenlernen, wir haben meinen Vater viele Jahre lang sehr kennengelernt, nur hat er es nicht mehr machen können, als meine Großmutter starb, weil ich volljährig war, aber natürlich hat er mit mir ein paar Wochen lang nicht gesprochen nach dem Begräbnis, er hat immer so lange nicht mit mir gesprochen, bis ich mich für mein Verhalten entschuldigt habe, und meine Mutter ist jeden Tag ins Zimmer gekommen und hat gesagt, nun geh schon, entschuldige dich, weil sie es nicht sehr gut aushalten konnte, wenn man nicht miteinander sprach, ich hingegen habe es gut aushalten können, weil ich dann abends lesen konnte und nicht mit Skat spielen mußte, wenn sowieso keiner mit mir sprach, denn wenn mein Vater nicht mit mir gesprochen hat, durften die anderen beiden auch nicht, nur wenn er weg war, haben sie heimlich mit mir gesprochen; mein Bruder hat sich immer am selben Abend noch gleich entschuldigt, deshalb haben wir alle mit ihm gesprochen, während ich mich nicht immer sofort entschuldigt habe, ich habe mich manchmal sogar überhaupt nicht entschuldigt, aber manchmal habe ich mich auch entschuldigt, wenn meine Mutter gesagt hat, nun geh schon, entschuldige dich, siehst du nicht, wie ich darunter leide, aber manchmal habe ich mich auch nicht entschuldigt, obwohl ich gesehen habe, wie meine Mutter darunter leidet, ich habe monatelang abends in meinem Zimmer gelegen und Bücher gelesen und gar nichts gemacht. Manchmal habe ich auch überlegt, was ich gemacht hatte, und wenn es mir eingefallen ist, habe ich überlegt, was daran so schlimm war, aber als ich nicht zum Begräbnis gefahren bin, habe ich nicht überlegen müssen, was daran schlimm war, das habe ich gleich gewußt und bin trotzdem nicht mitgefahren, was ein Verrat gewesen ist an der Familie, aber früher habe ich es oft nicht gewußt, ich habe auch manchmal gefragt, was habe ich denn gemacht, aber dann herausgefunden, daß es nicht günstig war, so zu fragen, mein Vater ist von dieser Frage ganz außer sich und in Wut geraten, und ich habe ihn dann kennenlernen müssen, und hinterher, wenn ich in meinem Zimmer war, ist er reingekommen und hat gesagt, jetzt hast du Zeit, darüber nachzudenken, mein Vater hat meine Schlechtigkeit immer gewußt und abgelehnt, wo ich sie noch gar nicht gewußt habe, er hat mir die Schlechtigkeit, die an mir gewesen ist, erst beigebracht und deutlich gemacht, wie er meinem Bruder die Weichlichkeit erst beigebracht und deutlich gemacht hat; mein Bruder hat auch immer überlegt, was man sich bricht, wenn man vom ersten Stock aus dem Fenster springt, hat er an dem Abend gesagt, er hat gesagt, wenn ich in einem geschlossenen Raum bin, zieht es mich immer zum Fenster, unwiderstehlich ziehen mich Fenster an in geschlossenen Räumen, immer habe ich Lust, aus dem Fenster zu springen, ich bin richtig süchtig danach. Meine Mutter hat noch eine Flasche Spätlese geholt, und wir haben weiter getrunken. An diesem Punkt hat sie dann gesagt, alles ist meine Schuld, das hat sie immer gesagt, sie hat die Schuld immer vollständig auf sich genommen und gesagt, alles habe ich falsch gemacht, und wir haben sie trösten und sagen müssen, aber nicht doch, du hast doch nichts falsch gemacht, aber sie hat gesagt, ich bin ganz zermürbt, zwischen dem Vater und euch bin ich aufgerieben, wir haben Angst bekommen, sie setzt sich jetzt ans Klavier und singt Schubertlieder, was sie besonders gemacht hat, wenn sie gedacht hat, sie ist an allem schuld, oder wenn mein Vater nach einer Szene die Tür zugeschlagen hat und weg war, daran war sie schuld, weil er die Pedanterie nicht mehr aushalten konnte, das Kleinliche, was meine Mutter an sich gehabt hat, dann ist er weggefahren und in der Nacht erst wiedergekommen, immer nachdem sie die Steuererklärung gemacht haben, ist es so gewesen, meine Mutter hat die Steuererklärung nicht ganz allein machen können, weil sie Rechnungen und Belege gebraucht hat, die mein Vater aber nicht aufgehoben hat, weil er großzügig war und nicht pingelig, und meine Mutter hat ihm dann vorgerechnet, daß wir uns das nicht leisten könnten, aber mein Vater hat ihr vorgerechnet, daß er sich ihre Pingeligkeit nicht mehr leisten könne, mein Vater hat in seiner Großzügigkeit auf Dienstreisen nicht gespart, nicht an sich und auch nicht an anderen, die er dort kennengelernt und umstandslos eingeladen hat, er hat die Rechnungen großzügig immer bezahlt, und meine Mutter hat gesagt, diese Rechnungen sind gewaltig, mein Vater hat diese Rechnungen immer fortgeworfen und niemals Spesen verrechnet, er hat das Spesenverrechnen abgelehnt, er hätte sich ja geschämt vor der Firma, es sind diese fortgeworfenen Spesen gewesen, weshalb sie gereizt waren, mein Vater hat zu meiner Mutter gesagt, du bist eine Krämerseele, und wir haben sie streiten hören, was es bei uns sonst nie gab, weil meine Mutter keinen Streit mochte, sondern nur Harmonie, und immer nachgegeben hat sonst, nur bei der Steuererklärung haben wir unsere Eltern laut streiten hören, und wenn mein Vater japanische Aktien gekauft hat, da haben sie auch gestritten, weil die japanischen Firmen, die uns Vertreter geschickt hatten, regelmäßig Konkurs haben anmelden müssen, sobald mein Vater unser gesamtes Geld in japanischen Aktien festgelegt hatte, meine Mutter ist gegen japanische Aktien voreingenommen gewesen, seit dem ersten Konkurs einer solchen japanischen Aktienfirma hatte sie dieses Vorurteil, aber mein Vater hat weiterhin, sobald bei uns ein Vertreter auftauchte und für japanische Aktien zu werben anfing, diesem Aktienvertreter Spätlese angeboten und nach einigen Flaschen Spätlese unser gesamtes Geld erneut in japanische Aktien angelegt, auf diese Weise ist unser gesamtes Geld mehrfach von einem Tag auf den andern und praktisch über Nacht verloren gewesen, ohne daß mein Vater, der sehr beliebt war bei den japanischen Aktienvertretern, beim nächstenmal etwa vom Kauf der japanischen Aktien Abstand genommen hätte, meine Mutter hat gesagt, wir haben noch nichtmal alle Kredite zurückbezahlt, wovon sollen wir denn die Kredite zurückbezahlen, wie stellst du dir das nur vor; meine Mutter hat, auch als mein Vater schon ziemlich von unten nach oben gekommen war, oft gesagt, wäre das nicht ein Traum, einfach in einen Laden gehen und sich ein Kleid kaufen können, sie hat auch davon gesprochen, daß es ein Traum wäre, bedenkenlos eine Bluse kaufen zu können, leichtsinnig sein, hat sie gesagt, diesen Leichtsinn hat ihre Kleinlichkeit aber nicht zugelassen, meine Mutter hat immer im Schlußverkauf unsere Kleidung gekauft, ihre Sachen und die für meinen Bruder und mich, mein Vater hat oft gespottet, wieder ein Sonderangebot, wenn sie ihm etwas vorgeführt hat, einen Rock oder einen Pullover, was sie tatsächlich zu heruntergesetztem Preis erworben hatte, meine Mutter hat sich gleichzeitig nicht getraut zu erzählen, wie billig das war, was sie eingekauft hatte, weil mein Vater sich dann hätte schämen müssen, wenn sie gesagt hat, heruntergesetzt von siebzig auf dreißig, hat mein Vater gesagt, in dem Ladenhüter gehe ich nicht mit dir aus, meine Eltern sind selten ausgegangen wegen der Ladenhüter, in denen unsere Mutter immer gesteckt hat zu heruntergesetztem Preis, während mein Vater nicht nur um etliches jünger gewesen ist als meine Mutter, sondern auch maßgeschneiderte Anzüge trug, gleich von Anfang an, nachdem mein Vater die Stelle hatte in seiner Firma, war meinem Vater das Beste grad gut genug, das sieht man doch gleich, Konfektion, hat mein Vater gesagt, und er hat es sofort gesehen, daß meine Mutter wieder in einem Ladenhüter gesteckt hat, wenn sie ein neues Kleid anhatte. Er hat gesagt, du hast einfach keinen Pep, meine Mutter hat ihm zugestimmt, daß sie keinen Pep hätte, wie soll denn ich Pep haben, wo ich sehen muß, daß es reicht, und du schmeißt das Geld kübelweise zum Fenster hinaus, aber mein Vater hat gesagt, überhaupt nicht kübelweise, und kann denn ich für deinen Geiz, und irgendwann hat die Tür geknallt, und mein Vater ist rausgerast und erst spät in der Nacht betrunken zurückgekommen, immer an diesen Abenden hat meine Mutter Schubertlieder gesungen, nachdem sie gesagt hat, es ist alles meine Schuld, und die Stimmung ist schrecklich gewesen, meine Mutter hat am Klavier geweint, und es hat eine Melancholie in der ganzen Wohnung gelegen, deswegen haben wir, als meine Mutter gesagt hat, alles habe ich falsch gemacht, gefürchtet, daß sie gleich mit den Schubertliedern anfangen würde, denn wenn meine Mutter gesagt hat, alles habe ich falsch gemacht, oder, alles ist meine Schuld, dann ist es auch meistens so weitergegangen, und hinterher hat sie auch noch gesagt, daß sie alt ist und häßlich und unscheinbar, eine graue Maus, und daß mein Vater mit ihr keinen Staat machen kann, was er aber dringend hat machen müssen, alle Herren haben immer ihre Damen mitgebracht, wenn die Firma Betriebsfeste gemacht hatte, nur mein Vater hat meine Mutter nicht mitbringen können, weil mit ihr kein Staat zu machen war, und wegen der Sonderangebote und Ladenhüter, in denen sie gesteckt hat, sie hat auch die Umgangsformen nicht gut gekannt, und mein Vater hat sich einmal fürchterlich für sie schämen müssen, als er sie doch mitgebracht hatte, und gleich wie es losging, ist meine Mutter gefragt worden, ob sie einen Martini will, und sie hat gesagt, ja gern, und dann ist sie weiter gefragt worden, wie sie diesen Martini denn will, ob sie ihn trocken will, und sie hat gesagt, ich kenne Martini eigentlich eher naß, und mein Vater war total blamiert, daß ein so weltgewandter Mann eine Frau hat, die nicht einmal weiß, was ein trockener Martini ist, hat er hinterher bitter gesagt, müßten die Leute gesagt haben, wir haben zu Hause auch niemals Besuch gehabt, das hätte den günstigen Eindruck, den mein Vater in seiner Firma gemacht hat mit seiner Tüchtigkeit und dem geselligen Charme, und weil er intelligent dazu war, sofort zerstört, kaum hätte der Chef von meinem Vater zum Beispiel, den er zu seinem Bedauern niemals hat einladen können, gesagt, er möchte einen Martini trinken, und meine Mutter hätte nicht gewußt, was ein Martini ist, sondern einen Cinzano rosso für einen Martini gehalten und dem Chef meines Vaters statt eines Martini einen Cinzano rosso ins Glas geschenkt, wäre der gesamte günstige Eindruck, den der Chef von meinem Vater in seinem Beruf erhalten hatte, vollständig ruiniert gewesen; ich kann mir das nicht erlauben, hat mein Vater gesagt, wenn meine Mutter gesagt hat, sie vermißt die Gäste, die es bei uns nicht gegeben hat, seit wir im Westen waren, weil es für uns keine passenden Leute gab, auch für meinen Bruder und mich hat es keine passenden Freunde gegeben; entweder unsere Freunde sind aus armen Verhältnissen gewesen, dann haben sie nicht gepaßt, weil sie am Tisch nicht manierlich gegessen haben und man ihnen die kleinen Verhältnisse auch sofort und in ihrer Sprache hat anmerken können, sie haben die Haare sich wachsen lassen, und mein Vater hat gesagt, wenn ich einen von euch mit Mähne erwische, am Ende gar auf der Straße, wir haben die Haare immer ganz kurz gehabt, mein Bruder und ich, man hat mich viele Jahre für einen Jungen gehalten und gesagt, nun sei mal ein Kavalier, heb der Dame die Tasche auf; wenn irgendeiner Frau irgend etwas runtergefallen war, haben immer alle sofort auf mich geschaut, daß ich mich bücke, weil ich ein Kavalier hätte sein müssen mit meinem abgeschorenen Haar, ich habe häufig mit meinem Bruder zum Haarschneiden gehen müssen, uns ist der Nacken mit einem Nackenscherapparat geschoren worden vom Haaransatz bis zum Hinterkopf hoch, meine Mutter hat mich getröstet und immer gesagt, wenn man die Haare viel schneidet, wachsen sie besser, ich habe aber gefunden, daß sie besser wachsen, wenn man sie wachsen läßt, weil ich die Haare lang haben wollte wie meine Freundin, der man die armen Verhältnisse sofort an den langen Haaren hat anmerken können, aber auch meine andere Freundin ist unpassend gewesen, weil man dieser Freundin nun wieder die neureichen Verhältnisse übel hat anmerken können, weshalb der Umgang mit ihr ebenfalls nicht gepaßt hat, meine Eltern haben gesagt, neureich ist keine Kultur, weil diese neureiche Freundin Softeis hat essen dürfen, soviel und sooft sie wollte, und Softeis ist keine Kultur, außerdem hat mein Vater es nicht gemocht, wenn er heimkam am Abend, daß dann noch fremde Kinder außer den eigenen da waren, deshalb haben meine Freundinnen, ebenso wie die Freunde von meinem Bruder, immer schon weggemußt vor dem Abendbrot, und es hat sich für sie nicht zu kommen gelohnt, weil mein Bruder und ich unsere Hausaufgaben gemacht haben mußten, wenn abends mein Vater kam, und eine Stunde Klavier gespielt, nicht mehr und nicht weniger, und in der Zeit hätten unsere Freunde nichts anzufangen gewußt, weil sie ihre Aufgaben später machten, am Abend, wenn bei uns ferngesehn wurde und Skat gespielt, weil wir eine richtige Familie waren und abends etwas gemeinsam gemacht haben, während meine Freundinnen ausnahmslos nicht aus richtigen Familien kamen, in denen etwas gemeinsam gemacht worden ist, es ist mir tatsächlich niemals jemand begegnet, der aus einer richtigen Familie kam, fortwährend sind mir ausschließlich solche Menschen begegnet, die nicht aus richtigen Familien kamen, sondern aus solchen, in denen die Kinder am Abend noch Aufgaben machten, wenn ihre Eltern Besuch hatten oder im Kino waren, was meine Eltern niemals gemacht haben, soweit ich denken kann; alle gemeinsam sind wir einmal im Monat in ein Konzert gegangen, wir haben ein Abonnement gehabt, und alle höheren Angestellten sind einmal im Monat auf solche Abonnements, wie auch wir eines hatten, ins Konzert gegangen, meine Mutter ist darüber glücklich gewesen, sie hat die Konzerte geliebt und jedesmal überschwenglich die musikalische Qualität der Konzerte gelobt, ich bin ganz ausgehungert, hat sie gesagt, und es sind immer hervorragende internationale Symphonieorchester gewesen, aus London, Tokio und Philadelphia, auch die

Programme, die sie gespielt haben, sind gut zusammengestellt gewesen, ausgewogen, hat meine Mutter gesagt, weil auf Haydn etwas Modernes folgte und dann nach der Pause Brahms. Bei diesen Konzerten ist immer so lange am Schluß geklatscht worden, bis eine Zugabe kam, und die Zugaben waren meist etwas Keckes oder auch Furioses, meistens zum Abschluß nochmal modern, aber kurz, was meiner Mutter besonders gefallen hat, weil sie mit dieser modernen Musik nicht viel anfangen konnte; sie hat gesagt, für mich hört die Kunst mit dem Ende des letzten Jahrhunderts auf, schon Mahler ist meiner Mutter fremd geblieben, ich kann mit Mahler nichts anfangen, hat meine Mutter mehrfach gesagt, aber auf den Konzerten ist niemals Mahler gespielt worden und das Moderne geschmackvoll kurz, weil die Programme ausgewogen gewesen sind. Ich habe das Moderne nicht auf diesen Konzerten kennengelernt, also nicht kurz, sondern heimlich im Radio gehört, und aus dem Radio heraus den Eindruck gewonnen, daß die Musik der Mathematik nicht fremd, sondern tief verwandt ist, sie gehören engstens zusammen, habe ich meiner Mutter gesagt, aber meine Mutter ist nicht für Zwölfton gewesen, das klingt so gar nicht harmonisch, hat sie gesagt, sie hat es gern gehabt, wenn es harmonisch geklungen hat, aber doch wiederum nicht so schrumschrumschrum wie bei Verdi, den sie nicht für seriös gehalten hat. Mein Vater hat sich auf diese Konzerte nicht sehr gefreut, nicht schon wieder, hat er gesagt, aber er hat doch hingemußt wegen der höheren Angestellten, die in der Pause mit einem Getränk in der Hand herumgewandelt sind, er ist immer froh gewesen, wenn es vorbei war und alle höheren Angestellten ordnungsgemäß begrüßt worden waren, mein Vater hätte eigentlich nach der Pause schon wieder gehen können, was er auch einige Male gemacht hat, allerdings ist es dann aufgefallen, daß er nicht auf seinem Platz gesessen hat, bei den Abonnements ist es nämlich so, daß immer jeder den Platz, den er hat, über Jahre hinaus behält, und die höheren Angestellten grüßen sich nicht nur in der Pause, sondern auch drinnen im Saal, weshalb mein Vater dann nicht mehr nach der Pause weggegangen ist, sondern meistens durchgehalten hat bis zum Schluß, damit jeder weiß, er hält durch bis zum bitteren Ende. Mein Vater hat diese Konzerte auch deswegen nicht gemocht, weil er gewußt hat, daß er eigentlich kein höherer Angestellter sein wollte, sondern ein höchster, was er schon gleich beschlossen hatte, als er in seiner Firma die Stelle bekam, und er hat alles gemacht, wie wenn er ein höherer Angestellter wäre, in Wirklichkeit hat er schon gleich von Anfang an gewußt, daß er einmal ein höchster Angestellter sein wird, und er hat dieses Ziel nicht langsam und geduldig, sondern äußerst zügig, ja, in raschestem Tempo verfolgt, er hat die Abonnementkonzerte nur nebenbei absolviert, und meine Mutter hat an dem Abend schon geahnt, daß es mit diesen Abonnements vorbei sein würde, sobald mein Vater befördert wäre, ich gönne es ihm von Herzen, hat sie gesagt, aber es hat keiner im Ernst geglaubt, daß er dann jemals wieder ein Abonnementkonzert besuchen würde, weil diese Stufe der höheren Angestellten dann überwunden wäre, und meine Mutter hat gesagt, daß nach den Abonnementkonzerten die Stufe der trockenen Martinis, der Drinks, hat meine Mutter gesagt, beginnen würde, so sähe sie es auf sich zukommen, meine Mutter hat an diesem Abend aber, weil sie zwar schwankend, aber zum ersten Mal in ihrem Leben doch immerhin auch aufsässig war, erkennen lassen, daß sie die Abonnementkonzerte der Stufe der Drinks mit Entschiedenheit vorziehen würde; ich habe ja alles mitgemacht, hat sie gesagt, womit sie die Käufe von immer teureren Autos, die Urlaubsreisen in immer undörflichere Feriensiedlungen statt an wiesen- und also blumenreiche österreichische Bergseen gemeint hat, und mein Vater hatte auch tatsächlich kurz vor der Dienstreise, von der es als ausgemacht galt, daß sie der letzte Meilenstein auf dem Weg zur Beförderung sein würde, angekündigt, daß er das Abonnement zu kündigen beabsichtige, statt dessen habe er vor, im Sommer einmal nach Bayreuth zu fahren, er habe Wagner sein Lebtag nicht richtig geschätzt, was ein Fehler gewesen sei, Wagner nicht richtig zu schätzen, er habe vor, diesen Fehler nun endlich zu korrigieren, und meine Mutter hat Bayreuth mit den trockenen Drinks und den immer teureren Autos in eine Verbindung gebracht, weil sie sich weder aus Wagner noch aus den trockenen Drinks nur das allergeringste gemacht hat, an diesem Abend hat sie gesagt, ich habe ja alles mitgemacht, aber irgendwo hört es auf, womit sie gemeint hat, daß es bei Wagner aufhört und bei den trockenen Drinks, in Wirklichkeit hat es schon bei der Spätlese aufgehört, haben wir dann gesagt, aber ihr sind die Konzertabonnements doch sehr lieb gewesen, weil sie das waren, was meine Mutter die klassische Harmonie genannt hat, daran hat meine Mutter geglaubt. Wo sie schon nicht religiös war, hat sie an klassische Harmonie geglaubt, an Dominante und Subdominante, am liebsten ist meiner Mutter gewesen, wenn wir zusammen Quodlibets gesungen haben; meine Mutter hat Hindemith, obwohl er nach Brahms war, als einzigen noch gemocht für seinen Kontrapunkt, das kontrapunktlos Atonale ist ihr zuwider gewesen, das tut meinen Ohren weh, hat sie gesagt und war froh, daß die Ausgewogenheit in den Konzerten war und das Moderne nur kurz, während ich das Moderne auf den Abonnementkonzerten immer als seifig empfunden habe in seiner Ausgewogenheit und also Kürze, überhaupt habe ich gesagt, mir ist die klassische Harmonie mitsamt ihren Dominanten und Subdominanten äußerst suspekt, ich habe den Verdacht gehabt, daß alles in diese Harmonie nur hineingequetscht würde, zu meiner Mutter habe ich gesagt, die armen Stimmen, da werden sie mit Gewalt in die Harmonie hineingequetscht, meine Mutter hat aber ausgerufen, i wo, mit Gewalt hat das nichts zu tun, die Harmonie, und sie hat von Stimmigkeit und Zusammenklingen gesprochen, was bei der Zwölftonmusik nicht mehr vorkäme, ich habe gesagt, die Zwölftonmusik ist totale Kontrolle. Meine Mutter hat versucht, mir die Schubertlieder nahezubringen, es ist ihr aber nicht gelungen, sie hat für Schubert bei mir vergeblich geworben, ich habe schon gewußt, daß es bei Schubert enharmonisch verwechselt zugeht, und trotzdem ist es meiner Mutter in keinem Moment gelungen, mich für die Schubertlieder freundlich zu stimmen oder gar zu gewinnen, kaum hat meine Mutter am Klavier gesessen und so ein Schubertlied aus der Winterreise angefangen zu singen, haben sich an meinen Armen und überall die Haare aufgerichtet, weil meine Mutter Schubertlieder nur mit gebrochener Stimme sang, um zu weinen, kaum saß sie am Klavier und fing mit den Schubertliedern an, kamen ihr auch schon die Tränen, die ich deswegen auch die Schuberttränen von meiner Mutter genannt habe, es sind vielleicht nicht die Schubertlieder gewesen, sondern die Schuberttränen von meiner Mutter, wovon mir die Haare zu Berge gingen, habe ich oft gedacht, und an diesem Abend bin ich erleichtert gewesen, daß sie nicht zum Klavier ging, dennoch hat sie, nachdem sie gesagt hat, irgendwo hört es auf, nicht mehr weitergewußt, was dann werden soll, wenn es aufgehört hat, weil sie gefunden hat, daß es weitergehen muß bis zu diesem Abend. Mein Bruder ist aber froh gewesen, daß diese Abonnementkonzerte aufhören sollten, für meinen Bruder sind die Konzerte die reinste Qual gewesen, hat er gesagt, die gesamte Musik auf diesen Konzerten ist meinem Bruder entgangen, weil meinen Bruder die ganze Zeit, während wir stillsitzen mußten, sein oberster Hemdknopf gequält hat. Wir sind immer sehr gut angezogen dorthin gefahren, alle vier haben wir unsere besten Sachen anziehen müssen, und mein Vater hat immer festgestellt bei der Gelegenheit, daß meine Mutter gar keine besten Sachen gehabt hat, sondern nur Ladenhüter, was ihm die Stimmung verdorben hat, mit dieser verdorbenen Stimmung hat er meinen Bruder und mich angesehen, ob wenigstens wir ausreichend gut angezogen wären, und dann hat er zu meinem Bruder gesagt, das geht nicht, den obersten Hemdknopf offen zu lassen, mach den Knopf zu, hat er von meinem Bruder verlangt, und wenn mein Bruder gesagt hat, das juckt so und kratzt, hat er gesagt, das sind deine Ticks, denn mein Bruder hat solche Empfindlichkeiten gehabt, und eine davon ist gewesen, daß ihn geschlossene Krägen gejuckt und gekratzt haben; sobald der Kragenknopf an seinem Hemd hat zugemacht werden müssen, hat mein Bruder angefangen, den Hals in alle möglichen Richtungen hin- und herzudrehen und zu recken, mein Vater mit seiner von den Ladenhütern, in denen er meine Mutter hat mitnehmen müssen, ganz verdorbenen Stimmung, hat immer gleich gesehen, daß mein Bruder versucht hat, mit offenem Kragenknopf durchzukommen bis ins Konzert, aber da ist er an den Falschen geraten, mein Bruder, sofort hat er den Kragenknopf schließen müssen, weil ungeschlossene Kragenknöpfe nachlässig aussehen, und wenn mein Vater eine besonders verdorbene Stimmung gehabt hat, hat mein Bruder ihn kennenlernen können, und dann hat er über den geschlossenen Kragenknopf noch eine Fliege oder Krawatte binden müssen, von dem Augenblick an ist er für alle Musik verloren gewesen, weil seine Ticks ihn den Abend über nicht losgelassen haben, er hat im Konzert gesessen und seinen Kopf in alle Richtungen recken und drehen müssen vor Qual; und mein Vater hat seine Verzweiflung und die bittere Enttäuschung nicht zeigen können, weil wir im Abonnementkonzert waren, es ist eine Schmach für meinen Vater gewesen, daß jeder hat sehen können, wie mein Bruder mit seinen Ticks behaftet war, mit der Zeit hat mein Bruder beim Schlucken Beschwerden bekommen; sobald er den obersten Hemdknopf geschlossen hatte, hat er fast keinen Bissen mehr schlucken können, ohne sich seltsam und sonderlich dabei zu räuspern, dieses Räuspern hat meinen Vater zur Raserei bringen können, mein Bruder hat in unserer Familie als Christian Buddenbrook gegolten, laß ihn, hat meine Mutter gebeten, wenn meinen Vater das Hüsteln und Räuspern von meinem Bruder auf die Palme gebracht hat, wie er gesagt hat, aber mein Vater hat ihn nicht lassen können, ich will keinen Christian Buddenbrook in der Familie, hat er gesagt und es nicht geduldet, mein Bruder selbst hat auch kein Christian Buddenbrook sein wollen, nur den obersten Hemdknopf hat er nicht schließen wollen, mein Vater hat gesagt, so fängt es an mit den Sonderlichkeiten, es ist gar nicht in Frage gekommen, den obersten Hemdknopf offen zu lassen, weil mein Vater keinen Zweifel hatte, daß es so anfängt und daß mein Bruder mit offenem Kragenknopf auch und erst recht nichts anderes wäre als Christian Buddenbrook, dieser Sonderling, auf die Weise ist er für alle Musik verlorengegangen und nur heilfroh gewesen, als meine Mutter gesagt hat, irgendwo hört es auf, womit meine Mutter jedoch Wagner und die Martinis gemeint hat und nicht die Konzerte. Ich habe meine Mutter aber trotzdem gefragt, warum eigentlich, wenn du sie magst, müssen die Abonnementkonzerte aufhören, es ist dies eine äußerst aufsässige Frage gewesen, uns allen ist augenblicks schwindlig geworden vor Spätlese und Aufsässigkeit, weil meine Mutter schließlich nicht einfach in Abonnementkonzerte spazieren hat können, während mein Vater im trockenen Martini rührt, meine Mutter hat gar nirgendswo hinspazieren können am Abend als manchmal zu ihren Elternabenden, die sie hat abhalten müssen qua Dienstverpflichtung von Zeit zu Zeit, sie hat diese Elternabende sehr kurz gehalten, um bald daheim zu sein, und wenn meine Mutter auf Klassenfahrt war, ist regelmäßig der Haushalt bei uns zusammengebrochen; eine Abwesenheit meiner Mutter vom Haushalt hat binnen kurzer Zeit zum totalen Zusammenbruch dieses Haushalts geführt, euer Vater ist hilflos wie ein Kind, hat sie anschließend oft gesagt, wenn sie noch das Verbrannte gerochen hat, was in unserer Wohnung hing, sobald mein Vater den Haushalt hat übernehmen müssen, wenn meine Mutter auf Klassenfahrt war; wir haben dieses Verbrannte zuvor gegessen und so getan, als merkten wir nichts, aber es ist schwer gewesen, weil wir oft nicht gewußt haben, was es ist; für den Haushalt ist eine Klassenfahrt von meiner Mutter eine viel fatalere Katastrophe gewesen als eine Krankheit, weil meine Mutter mit vierzig Fieber den Haushalt hat machen können, aber nicht, wenn sie auf Klassenfahrt war, während mein Vater ihn überhaupt nicht hat machen können; und wenn meine Mutter Elternabende hatte, ist er auch so hilflos gewesen wie ein Kind, sie hat ihm vorher alles gerichtet und hingestellt, aber trotzdem hat sie den Elternabend so kurz halten müssen wie möglich, damit in der Zwischenzeit nicht doch noch der Haushalt zusammenbricht, selbst die kürzeste Abwesenheit meiner Mutter vom Haushalt ist für den Haushalt gefährlich gewesen, deshalb ist es wirklich der Gipfel der Aufsässigkeit gewesen, den wir an diesem Abend erreicht haben, daß ich gesagt habe, warum eigentlich müssen die Abonnementkonzerte aufhören, genausogut hätte ich sagen können, unser gesamter Haushalt soll aufhören, tatsächlich sind diese beiden Sätze gewissermaßen dasselbe gewesen, das Zusammenhalten in unserer Familie hat eine Abwesenheit meiner Mutter nicht eine Sekunde verkraftet, ohne in ein Zusammenbrechen sich zu verwandeln; als meine Mutter einmal im Krankenhaus liegen mußte, hat sie mein Vater nach kaum einer Woche energisch nach Hause geholt, der Arzt hat gesagt, auf gar keinen Fall, und daß er das nicht verantworten kann, aber mein Vater hat gesagt, das Zusammenbrechen der ganzen Familie, ob er das verantworten könnte, schließlich hat der Arzt gesagt, er habe auch Familie, und eingewilligt, meine Mutter heraus- und ihrer Familie zurückzugeben, und in der einen Woche ist bereits so viel niedere Arbeit und Wäsche angehäuft gewesen, daß meine Mutter kaum mit dem Waschen und Bügeln und Spülen fertiggeworden ist, aber sie hat die Zähne zusammengebissen und sich an die Arbeit gemacht. Eine Nierenbeckenentzündung ist aber kein Abonnementkonzert, und mein Vater hat die Abwesenheit meiner Mutter vom Haushalt nur deshalb die eine Woche lang hingenommen, weil eine Nierenbeckenentzündung schließlich ja kein Vergnügen ist, während das Abonnementkonzert meiner Mutter das reinste Vergnügen gewesen ist, mein Vater hätte es niemals hingenommen, daß meine Mutter zu ihrem Vergnügen den Haushalt zusammenbrechen läßt, schon die Nierenbeckenentzündung und den dadurch verursachten Zusammenbruch des gesamten Haushalts hat mein Vater im Grunde nicht hingenommen, weil es weitergehen mußte, mein Vater hat aufs energischste alles getan, daß es weitergeht. Und wenn es über die Abonnements bereits hinaus- und also weitergegangen war, würde keiner von uns mehr einen Schritt in die von meinem Vater dann sofort gekündigten Abonnementkonzerte machen dürfen, das war klar. Ist das klar, würde mein Vater gesagt haben, falls meine Mutter versucht haben würde, ihr Abonnement vor der Kündigung durch meinen Vater zu retten, habe ich mich deutlich ausgedrückt, hat mein Vater auch häufig gesagt, oder er hat gesagt, habe ich mich noch nicht deutlich genug ausgedrückt, worauf sich der jeweilig Angesprochene immer beeilt hat zu sagen, o doch, sehr deutlich, mein Vater hat auch gesagt, haben wir uns verstanden, und jeder hat sich beeilt zu sagen, ja, haben wir, dadurch hat es in unserer Familie eigentlich keine Mißverständnisse und keine Verbote gegeben, mein Vater hat niemals etwas direkt verboten, er hatte auch meiner Mutter niemals gesagt, du gehst mir nicht in die Konzerte, wenn er gleichwohl nicht gewollt hätte, daß sie in die Konzerte geht; mein Vater hätte ihr ruhig erklärt, daß die Konzerte nur etwas sind für die höheren, nicht aber für die höchsten Angestellten, und wenn meine Mutter das nicht gleich verstanden hätte, weil sie so gerne in die Konzerte ging wegen dem Schönen, der Harmonie und Ausgewogenheit, die meiner Mutter sehr wichtig waren, hätte er einen Kognac getrunken und es ihr nochmal erklärt, anschließend hätte er gesagt, haben wir uns verstanden, und meine Mutter hätte sich beeilt zu sagen, daß sie sich jetzt verstanden hätten. In richtigen Familien hat man Verbote nicht nötig, hat mein Vater gesagt, und sie sind wirklich überflüssig gewesen, weil wir uns immer verstanden haben, und wenn ich manchmal trotzig gewesen bin und gesagt habe, keineswegs, hat es von vorn angefangen, und es ist immer so lange gegangen, bis ich auf seine Frage, haben wir uns verstanden, mich beeilt habe zu sagen, das haben wir, im Grunde ist ein Mißverständnis in einer richtigen Familie so gut wie ausgeschlossen, deshalb ist auch das Aufsässige an meiner Frage, warum müssen die Abonnementkonzerte eigentlich aufhören, vollkommen unmißverständlich gewesen, meine Mutter hat gesagt, das ist Blasphemie, und wir haben uns sehr gewundert, daß nicht sofort ein Blitz aus dem Himmel gekommen ist und mich erschlagen hat, mein Bruder hat dann gesagt, sieh mal an, er ist auch nur ein Mensch, und wir sind alle ziemlich erlöst gewesen, weil wir das vorher noch nie in Betracht gezogen hatten, aber weder ist ein Blitz eingeschlagen, noch ist mein Vater erschienen, wir haben weiter am Tisch gesessen und uns verschworen gefühlt, bis uns schließlich das schlechte Gewissen überfallen und gepackt hat. Wie gehässig wir sind, hat meine Mutter traurig gesagt, wir tun ihm Unrecht. Dann hat sie sich einigermaßen gerade hingesetzt und ihren Lieblingssatz vor sich hingesagt, ihr Lieblingssatz ist ein Fontanesatz gewesen. Er hat viel Gutes in seiner Natur und ist so edel, wie jemand sein kann, der ohne rechte Liebe ist. Amen, hat mein Bruder darauf gesagt, und ich habe meine Mutter daran erinnert, daß dieser Satz so ziemlich der letzte gewesen ist, den sie gesagt hat, Effi, bevor sie gestorben ist; meine Mutter hat Effi Briest sehr gern gehabt, aber dann hat sie einen Moment gegrübelt, und ihr sind zum Glück wieder diese ekligen Muscheln ins Auge gefallen, sie hat noch ein wenig gegrübelt und dann gesagt, aber andererseits, und etwas gezögert, nun sag schon, haben wir zu ihr gesagt, weil wir gleich gewußt haben, daß jetzt etwas kommt, was sie sich nicht getraut hat zu sagen, und es ist dann herausgekommen, daß meine Mutter schon immer ganz im geheimen Medea verehrt und bewundert hat, wir haben zunächst einen riesigen Schrecken bekommen, nachdem sie Medea gesagt hatte, weil wir ja die Kinder waren, uns hätte es schließlich erwischt, aber meine Mutter hat gesagt, das sind eben Phantasien, alle vergiften, und dann ist Ruhe. Meine Mutter hat nämlich auch überspannte Gedanken gehabt, und jetzt hat sie diese Gedanken plötzlich gesagt. Komischerweise haben sich an meinen Armen und überall die Haare dabei nicht aufgestellt, nach dem ersten Schreck bin ich sehr erleichtert gewesen, obwohl es ja mich erwischt hätte, wenn meine Mutter es ernst gemeint hätte, und meinen Bruder; kaum hatte sie das gesagt mit Medea, alle vergiften, und dann ist Ruhe, ist sie sich abgrundtief schlecht vorgekommen, sie hat ausgerufen, daß der liebe Gott ihr verzeihen soll, weil sie so abgrundtief schlecht ist, dabei hat meine Mutter an einen lieben Gott nie geglaubt, überhaupt an keinen Gott, sondern nur an die Harmonie und das Gute im Menschen, und es hat sie bestürzt, daß jetzt, statt wie üblich das Gute, nur Schlechtes aus ihr herausgekommen ist, sie hat sich aber nicht wie sonst mehr zusammengerissen, sondern gesagt, daß der liebe Gott sie mit Sicherheit fürchterlich strafen werde, weil sie so schlecht ist, bestimmt müßte sie nun bald sterben, aber sie ist dabei geblieben, daß sie Medea verehrt und bewundert hat, ihr seid doch mein ein und alles, hat sie gesagt, weil sie sich selbst nicht begriffen hat, keiner hat ja bezweifelt, daß wir das ein und alles für unsere Mutter gewesen sind, es hat auch niemand bezweifelt, daß Medea ihre Kinder geliebt hat, meine Mutter hat nicht begriffen, wohin das Gute in ihr auf einmal verschwunden war, sie hat es sich mit dem lieben Gott, an den sie doch gar nicht geglaubt hat, an dem Abend gründlich verscherzt, wir haben es meiner Mutter aber nicht übelgenommen, daß sie uns alle vergiften wollte, sondern haben uns nur gefreut, daß das Versöhnliche, worunter wir sehr gelitten hatten, endlich einmal verschwunden war, aber für meine Mutter ist es doch sehr schlimm gewesen, weil ihre ganze Harmonie und das Gute im Menschen natürlich zusammenbrach; es ist etwas anderes, ob man Medea im stillen verehrt und bewundert, während man Effi Briest zitiert, oder ob man es auch noch laut sagt, und jetzt hatte sie es gesagt. Für meine Mutter ist an dem Abend alles zusammengebrochen; und es hat daran gelegen, daß mein Vater nicht um sechs, wie erwartet, nach Hause gekommen war, sondern daß die Muscheln um dreiviertel zehn noch immer in

ihrer Schüssel gelegen haben, daß wir Spätlese getrunken und keine Tagesschau eingestellt hatten, was nicht normal gewesen ist in unserer Familie, es ist dreiviertel zehn gewesen, als wir dann auf die Uhr geschaut haben.
Wir hatten die ganze Zeit nicht auf die Uhr geschaut. Als das Telefon geklingelt hat, haben wir aber wie auf Kommando alle drei auf die Uhr geschaut, wir sind panisch geworden, und es ist uns nichts anderes eingefallen in unserer Panik, und also haben wir erst einmal auf die Uhr geschaut, da ist es dreiviertel zehn gewesen. Natürlich ist uns das Herz stehengeblieben, weil das Telefon in unsere Schlechtigkeit hinein wie die Strafe Gottes geklingelt hat, es ist so ein Telefonklingeln gewesen, von dem wir gedacht haben, aha, das Jüngste Gericht fängt um dreiviertel zehn an, das hatten wir nicht gewußt, dieses Klingeln hat das Ende der Welt eingeläutet, gerade als sowieso für meine Mutter alles zusammengebrochen war, weil sie zugegeben hat, daß sie ebenso wie Medea uns alle vergiften hat wollen, worüber sie selbst sich am wenigsten hat beruhigen können, weil sie niemals gedacht hätte, daß sie das jemals verrät, und genau in dem Augenblick muß das Telefon klingeln, haben wir gedacht und sind völlig erstarrt; einer hat dem andern in ein erstarrtes Gesicht geblickt, jeder hat die aufgerissenen Augen beim andern gesehen, kreideweiß sind wir alle gewesen, und nachdem wir gewußt haben, daß das Jüngste Gericht um dreiviertel zehn anfängt, haben wir sonst nichts mehr gewußt, sondern uns nur noch starr weiter angeschaut. Ich habe dann auch noch auf meine Hände geschaut, wie

das Telefon schier nicht aufhören wollte zu klingeln, dabei habe ich gemerkt, daß ich die Fingernägel heruntergekaut hatte, über die Fingerkuppen bis auf das rohe Fleisch, an den heruntergekauten Fingernagelrändern ist an allen zehn Fingern ein roter, blutiger Rand zu sehen gewesen, ich habe die heruntergekauten Fingernägel, nachdem ich den roten Rand nicht mehr sehen konnte, nach innen versteckt in der Faust und zu meiner Mutter hinübergeschaut, meine Mutter hat das Fingernägelkauen an dem Abend nicht bemerkt, ihre Fingernägel sind perlmutterfarben rosé lackiert gewesen und haben sehr hübsch und gepflegt ausgesehen, weil sie sie gerade am Nachmittag frisch lackiert hatte; während mein Vater auf Dienstreise war, hat meine Mutter keine lakkierten Nägel gehabt, bei der Hausarbeit splittert der Lack, hat sie gesagt, und alle zwei Tage lackieren, das ist ihr doch albern gewesen, auch hat meine Mutter nicht gefunden, daß das Schöne ausgerechnet lakkierte Fingernägel sein müssen, aber mein Vater hat von seiner Sekretärin die ochsenblutrot lackierten Fingernägel gelobt und davon geschwärmt, nimm dir ein Beispiel, hat er zu meiner Mutter gesagt, meine Mutter hat darauf gesagt, du hast reden, wenn deine Sekretärin am Abend nach Hause kommt, hat sie massenhaft Zeit, sich zu pflegen, weil diese Sekretärin eine junge, ledige, kinderlose Person gewesen ist, und da hat sie Zeit gehabt, sich zu pflegen und die Haare sich blond zu färben; aber meine Mutter hat dann doch die Nägel lackiert, ochsenblut hat sie sie nicht lackiert, aber perlmutterfarben rosé, weil die Hände auch etwas verarbeitet waren, das wäre bei rot mehr aufgefallen, daß die Hände von meiner Mutter verarbeitet waren; ich habe dann hinüber zu meinem Bruder geschaut, während das Telefon endlos geklingelt hat, mein Bruder hat gemerkt, wie ich auf seine Hände geschaut habe, und sofort eine Faust gemacht, damit ich die blutigen Ränder nicht sehe an allen zehn Fingern, mir ist der Schweiß ausgebrochen, weil ich nun nicht mehr gewußt habe, wo ich noch hinschauen soll; mein Bruder hat plötzlich ins Klingeln des Jüngsten Gerichts hinein mit heiserer Stimme gesagt, vielleicht ist es ja jemand anders, aber darauf hat keiner zu antworten gebraucht, es ist nur so ein Versuch gewesen, das Telefon hat immer noch weitergeklingelt. Und dann ist meine Mutter aufgestanden. Ich habe gedacht, sie kippt um, sie ist schwankend in Richtung zum Telefon ein paar Schritte gegangen, sie ist so langsam aufs Telefon zugeschwankt, daß ich dachte, sie will ihm noch eine Chance geben, vielleicht, daß es aufhört, bis sie beim Telefon ist, keiner hat mitgezählt, aber es hat bestimmt zwanzig Mal geklingelt, und keiner hat mehr damit gerechnet, daß dieses Klingeln noch jemals aufhört, für uns hat es kein Danach mehr gegeben, alle Zeit der Welt ist auf das Telefonklingeln zusammengeschrumpft gewesen, keiner von uns hat daran gedacht, daß es in einer Viertelstunde zehn Uhr wäre, weil es überhaupt nicht zehn Uhr werden konnte, es hat die Zeit in einer Viertelstunde nicht mehr gegeben, sondern nur dieses Klingeln, nach dem nichts mehr kommen würde, so viel war klar. Meine Mutter ist bis an die Wohnzimmertür gegangen mit diesem schwankenden, kippligen Gang, sie ist aber nicht hineingegangen, in der Tür ist sie stehengeblieben und hat sich am Türrahmen festgehalten, das Telefon hat ihr aber den Gefallen nicht getan, mit dem Klingeln jetzt endlich aufzuhören, sie hat es einsehen müssen, aber ist nicht weiter gegangen ins Zimmer hinein, wo das Telefon stand, sondern hat vor der Tür ins Zimmer hineingeschaut, wir haben nicht sehen können, was meine Mutter gesehen hat oder ob sie die Augen geschlossen hatte, wir haben nur ihren Rücken gesehen im Türrahmen, an dem sie sich eine Weile festgehalten hat, diese Weile ist sicher nur eine Sekunde gewesen, aber doch auch eine lange Weile, ich habe gar nichts gefühlt außer der Zeit, die aufgehört hatte, vor uns zu liegen, sondern in dieses Telefonklingeln geschrumpft war. Meine Mutter hat sich dann umgedreht und uns angeschaut, nicht wie vorher mit aufgerissenen Augen, sondern wieder ruhig und nachdenklich, und dann hat sie sehr vernehmlich gesagt, aber andererseits, und ist umgekehrt, das Telefon hat weitergeklingelt, meine Mutter ist wieder zurückgekommen, ziemlich gerade ist sie mit einmal gegangen und hat nur noch wenig geschwankt; als sie beim Tisch angekommen war, hat sie laut und entschlossen noch einmal gesagt, andrerseits, und voll Abscheu die Muscheln in ihrer Schüssel betrachtet, dann hat sie die Schüssel genommen, die den ganzen Abend mitsamt diesen ekligen Muscheln vor uns gestanden hatte, mit den Muscheln ist sie hinaus in die Küche gegangen, und wir haben nur noch gehört, wie die Schalen geklappert haben, das Telefon haben wir gar nicht gehört, nur noch, wie die Schalen geklappert haben, als meine Mutter die Muscheln in den Müll geworfen hat, dann ist sie wieder hereingekommen und hat zu meinem Bruder gesagt, würdest du bitte den Müll runtertragen?

Birgit Vanderbeke
im Rotbuch Verlag

FEHLENDE TEILE

Fehlende Teile handelt von der Inszenierung einer Liebe. Von der Absage an das Prinzip, alles zu sagen und alles zu verstehen, und auch von der Einsamkeit, die entsteht, wenn wichtige Teile nicht mehr erzählbar sind.
"Es gibt eine deutsche Satirikerin. Die Vanderbeke ist stilistisch mindestens so virtuos wie im *Muschelessen.* Sie ist unbestechlich nach allen Seiten, offenbar verfügt sie über so seltene Eigenschaften wie Standpunkt, Moral, Ernsthaftigkeit ... Ihr Witz ist autonom und schielt nicht nach Kombattanten." *Wilhelm Pauli, Kommune.*
Gebunden, DM 24,80

Literarische Taschenbücher im Rotbuch Verlag

Literarische Taschenbücher im Rotbuch Verlag

Herta Müller • BARFÜSSIGER FEBRUAR

Die Autorin thematisiert die düsteren Zustände des von ihr zurückgelassenen Rumäniens. Das Dorf ist namenlos, ebenso wie die meisten Charaktere. Sie existieren ausschließlich in ihrer Funktion. Nur das Alter besitzt Namen, Identität. "Herta Müller versteht es, die Übergänge zwischen der präzisen Beobachtung und den fortgesetzt bedrohlichen Phantasien so unmerklich zu überschreiten, daß beim Lesen immer neue Irritationen und Bewegungen entstehen." *F.C. Delius, Spiegel*
Gebunden, DM 22

Herta Müller • NIEDERUNGEN

"Was Herta Müller aus der rumänien-deutschen Literatur heraushebt und in die Reihe der besten deutschsprachigen Autorinnen versetzt, ist nicht allein ihre Fähigkeit, das grauenvolle Landleben der Banatschwaben zu erfassen. Entscheidend ist die poetische Qualität der Herta Müller: Sie zerlegt die kindlichen Empfindungen, trägt sie Schicht für Schicht ab, balanciert auf der Grenze zwischen sezierenden Beobachtungen und den Ängsten vor dem, was da zutage tritt." *F.C. Delius, Spiegel*
Gebunden, DM 26

Herta Müller • DER MENSCH IST EIN GROSSER FASAN AUF DER WELT

"Das Buch ist die Ballade der Auswanderung. Die Nähe zerbröckelt, aus Freunden werden mißtrauische Feinde. Es geht nicht mit rechten Dingen zu, sondern alles auf krummen Wegen. Was hier, von der Oberfläche der Zeit in mythische Tiefen reichend, mitgeteilt wird, ist ein in seiner dichterischen Knappheit großer Beitrag zum Jahrhundertthema der Emigration." *Kyra Stromberg, Saarbrückener Zeitung*
Gebunden, DM 26